神探慕容思炫

之

猛兽山庄

轩弦 ／ 著

南方出版传媒
花城出版社
中国·广州

图书在版编目（ＣＩＰ）数据

神探慕容思炫. 猛兽山庄 / 轩弦著. -- 广州 ：花城出版社，2018.4（2018.8重印）
ISBN 978-7-5360-8531-2

Ⅰ．①神… Ⅱ．①轩… Ⅲ．①推理小说－中国－当代 Ⅳ．①I247.5

中国版本图书馆CIP数据核字(2018)第017358号

出 版 人：詹秀敏
策 划 编 辑：文　珍
责 任 编 辑：周思仪　周　飞
技 术 编 辑：凌春梅
封 面 设 计：ABOOK 壹书工作室
　　　　　　殷舍Design QQ|812784044

书　　　名　神探慕容思炫. 猛兽山庄
　　　　　　SHEN TAN MU RONG SI XUAN. MENG SHOU SHAN ZHUANG
出 版 发 行　花城出版社
　　　　　　（广州市环市东路水荫路 11 号）
经　　　销　全国新华书店
印　　　刷　佛山市浩文彩色印刷有限公司
　　　　　　（广东省佛山市南海区狮山科技工业园 A 区）
开　　　本　880 毫米 ×1230 毫米　32 开
印　　　张　7.75　1 插页
字　　　数　138,000 字
版　　　次　2018 年 4 月第 1 版　2018 年 8 月第 2 次印刷
定　　　价　28.00 元

如发现印装质量问题，请直接与印刷厂联系调换。
购书热线：020－37604658　37602954
花城出版社网站：http://www.fcph.com.cn

总 序

收获编辑部

悬疑推理小说对于中国来说是一件舶来品。虽然早在清朝，中国小说中便有"彭公案""施公案"一类公案小说，但真正现代意义上的中国本土悬疑推理小说的出现，还得溯源至 20 世纪初中国文人对于柯南道尔"福尔摩斯系列小说"的译介与模仿（早期的译介者往往同时也是仿写者）。用范伯群教授的话讲，中国现代悬疑推理小说——当时一般称为"侦探小说"——在诞生之初，就存在一个"包拯和福尔摩斯交接班"的问题。

而在中国本土的悬疑推理小说发生后的很长一段时间内，其发展情况并不尽如人意。这可能与中国社会长期忽视理性、科学、法制精神有关，而这些社会普遍认知对于悬疑推理类小说而言，犹如土壤和空气对于植物生存生长一般重要。

但近些年来，中国悬疑推理类小说的创作，无论从数量还是质量上，都取得了长足的进步与不错的实绩，涌现出很多有着丰富生活经历和创作才华的年轻写作者。而本套"推理罪工场"系列书则恰是对这些近年来部分创作实绩的一种汇总与展现。

现如今，每一位优秀的中国悬疑推理小说家在创作时都需要面对四个问题：如何面对中国传统公案小说的创作资源？如何面对欧美日本同类型小说的辉煌创作成果？如何融合悬疑推理故事于中国社会环境而达到浑圆的境界？如何用紧张而刺激的故事表达出普遍意义上的人性主题？本套丛书所选的这些小说正是写作者们从不同角度对上述问题作出的思考与回答。

我们现在还很难概括总结出中国悬疑推理类小说已经形成了哪些独特的能立于世界同类小说中的风格或流派，但看过这些作者的作品后，我们有理由相信，距中国派推理小说的诞生，已经不远了。

目　录

暗怪之袭

第一章　木雕

此时慕容思炫和庄小洛在银逸影城的三号影厅内等待悬疑大片《全城通缉》的开场。大屏幕正在播放广告。慕容思炫蹲在座椅上，玩着孔明锁，庄小洛则拿着手机在刷微信的朋友圈。

突然，一位同班同学发布的一张照片引起了庄小洛的注意。

那照片中有四个木雕：最左边的木雕是个牛头人身的怪物，手持铁叉，凶神恶煞；第二个木雕则是个马头人身的怪物，手持长矛，面目狰狞；第三个木雕神情严肃，他舌头极长，手持脚镣，头上的那顶长帽上写着"天下太平"四字；最右边的木雕也是个长舌怪人，手持哭丧棒，头上的长帽上写着"一见生财"四字，他笑逐颜开，和那黑衣长舌怪人的表情截然相反。

图片上方还有说明文字："在爸爸的床下找到四个奇怪的木雕，虽然不知道是什么，但却觉得萌萌哒，呵呵。"

庄小洛"咦"的一声，喃喃自语："牛头马面？黑白无常？"

正玩着孔明锁的思炫听到庄小洛这句话，转头瞥了她一眼，冷冷地问："你说什么？"

庄小洛把手机递给思炫："你看。"

思炫接过手机一看，微微一怔，紧接着双击屏幕，把图片放大，只见四个木雕所拿的武器——铁叉、长矛、脚镣和哭丧棒，上面似乎都刻着字。

"武器上有字。"思炫咬着手指说道。

"看不清……唔，哭丧棒上好像有个'血'字。"庄小洛说。

"确实是'血'，'神血'。"思炫的声音竟稍微颤抖。

庄小洛大奇。思炫是那种对任何事物都漫不经心，遇到什么都处变不惊的人，为什么此时区区一张图片竟似乎令他有些激动？

"骆子火是谁？你同学？"思炫接着问。他看到发布这张图片的人叫骆子火。

"是呀，同班同学。"

"我要去这个人家里看看。"此时思炫的语气已恢复常态，毫无抑扬顿挫。

"哦？刚好今天下午他在班上组织同学们今晚到他家去

冒险呢。他也有叫我，但我约了你吃饭看电影，所以没答应。"

"冒险？"思炫抓了抓头发。

"是这样的，他妈妈是个生物学家，他说他妈妈研究出一只什么基因改造怪物，刚好这两天他的爸妈出国了，所以他叫大家到他家去看看那只怪物。"

思炫想了想，说道："你打电话给他，说你现在过去。"

"咦？"庄小洛秀眉一蹙，"偶像，我们不看电影了？"

"是。"思炫冷冷地说。

庄小洛知道思炫这样做自有深意，也不多问了，立即拨打了一通电话："晓菁，你们现在是在骆子火家吗？你跟他说，我想现在过来……好，你先问问他吧……好的，那你把地址发给我吧。"

庄小洛还没挂电话，思炫已一跃而起，径自走出三号影厅。庄小洛紧随其后。

刚才是庄小洛开摩托车载思炫过来的。此时两人来到庄小洛停放摩托车的地方，只听思炫说道："我开，我的速度可达到你的 1.7 倍。"

"好。"庄小洛把钥匙丢给思炫。与此同时她心想："他为什么要急着到骆子火家去呢？那四个木雕，事关重大？"

思炫开着摩托车在闹市中风驰电掣；庄小洛则坐在后面，紧紧搂着他的腰，靠在他的背上。她觉得自己心跳加速了。

在旁人眼中，庄小洛是一个超级学霸、毒舌冷美人，她孤芳自赏，让旁人难以亲近。然而在慕容思炫面前，她却热情健谈，甚至有些小鸟依人，那是她对智商极高的思炫十分崇拜、极为爱慕的缘故。

"这个外星人的心中有没有爱呢？"庄小洛胡思乱想。

"说说骆子火的情况。"思炫的话打断了她的思索。

庄小洛回过神来，在思炫耳边娓娓道来："刚才跟我通电话的杜晓菁，也是我的同班同学，而且跟我住在同一个寝室里。唔，她是骆子火的女朋友，经常在寝室里跟我们提起骆子火的事。

"据说，骆子火的爸爸是一名药物化学家，他的妈妈则是一名生物学家。他和爸妈住在一座三层高的别墅里。他家的二楼和三楼是他妈妈的实验室，他的妈妈整天躲在实验室里做实验，很少到一楼来。从小到大，他都主要由爸爸照顾，每周只能跟妈妈见一两次。

"骆子火的爸爸曾告诉骆子火，妈妈将人类和动物的DNA进行杂交，研究出一只基因改造怪物。这只怪物就在实验室里。因为这只怪物非常危险，所以骆子火的父母是绝对禁止他到二楼和三楼去的。

"不久前，骆子火的妈妈被诊断出脊柱肿瘤，医生说需要做一个全置换手术，在国内做这个手术风险非常大，所以骆子火的爸爸决定带着妻子到美国治疗。他们是在昨天出发的。

"骆子火一直很好奇妈妈实验室里的基因改造怪物到底是怎样的，难得父母不在家，他当然不能错过这个机会了，所以今天下午他组织班上的同学今晚到他家去看怪物。还真有好几个同学响应呢。

"他也有邀请我去。说真的，即使不是约了你，我也不会去。基因改造怪物？太无聊了吧？"

思炫听完庄小洛的讲述，淡淡地问："你知道骆子火的父亲叫什么名字吗？"

"好像叫……骆文。对，是叫骆文。"

"那只是假名。"思炫冷冷地说，"他的真名叫骆浅渊。"

庄小洛大奇："咦，你认识他？"

思炫突然把摩托车停住。

"怎么啦？"庄小洛怔了一下。

思炫回头看了庄小洛一眼，一脸认真地说："你知道吗？我在2008年之前，不是住在L市的，我甚至从来没有来过L市。"

庄小洛从来没有见过思炫这样认真，知道确实事关重大："你到L市来，就是为了找骆子火的爸爸？"

思炫低低地"嗯"了一声，补充道："以及他的三个同伴。"

"他们到底是什么人？"庄小洛追问。

但思炫不再回答，转过头去，继续开车。

"看来此行必定会发生一些意想不到的情况呀。"庄小洛心中有种不好的预感。

第二章　密码

大半个小时后，慕容思炫和庄小洛终于来到骆子火的家——位于郊外的一座三层别墅。

两人停好摩托车来到别墅大门前时，已是晚上九点多了。

庄小洛按下门铃。不一会儿，一个和庄小洛年龄相仿的男生前来开门："小洛，来啦？咦，还带朋友来啦？欢迎欢迎！"

思炫一听，就推断出这个男生便是这里的小主人骆子火了。

"有找到那只基因改造怪物吗？"庄小洛笑问。

骆子火摇了摇头："还到不了二楼呢。"

"什么情况？"

"一楼和二楼之间的楼梯有一扇铁门，门上有密码锁，我们不知道密码，开不了门……对了！"骆子火忽然记起来了，"小洛，你不是经常以侦探自居吗？快来帮我们破解密码锁的密码吧！"

"好，我去看看。"

思炫和庄小洛随骆子火走进别墅，来到大厅，只见大厅内有五个人，三男两女。

"小洛，你来啦？"一个长发披肩的少女说道。这少女明眸善睐，桃腮杏脸，正是骆子火的女友、庄小洛的室友——杜晓菁。

她紧接着发现了庄小洛身后的思炫，又问："咦，你男友？"

庄小洛嘻嘻一笑："对呀，他姓慕容。"

"哎哟！难道就是你经常挂在嘴边的慕容思炫？"一个短发女生叫道。她叫冯悠，是庄小洛和杜晓菁的室友，同时还是他们所读的L市第三中学内一个名叫超豹推理社的社员。

"对呀，就是他。"

冯悠走到思炫跟前，把这个头发杂乱、表情呆滞的男青年上下打量了一番，笑道："慕容思炫，原来你是个大帅哥呀，真是闻名不如见面哦。"

思炫瞥了冯悠一眼，没有理会她。他向来对这种无关紧要的人都爱答不理。

庄小洛向剩下那三个男生扫了一眼，对其中一个正低着头玩手机的男生说道："唐巩，你也来啦？"

这个名叫唐巩的男生微微抬起头，看了庄小洛一眼，低低地"嗯"了一声。

这唐巩性格内向，平时在学校里总是一个人躲在角落，很少主动跟同学们说话。这次他竟然会和大伙儿一起来到骆子火的家，实在让庄小洛有些意外。

"庄小洛，你也很奇怪唐巩为什么会在这里出现吧？哈哈！我看呀，他一定是和我表哥一样，对子火哥妈妈研究出来的基因改造怪物很感兴趣啊。对吧，唐巩？哈哈哈！"一个身材略微肥胖的男生笑着说。他叫古恒，是骆子火的跟班，在学校里总是跟在骆子火身后，对他阿谀奉承。

唐巩没有回答，继续低头玩手机。

此时在别墅内的骆子火、杜晓菁、冯悠、唐巩和古恒，都是庄小洛的同班同学，但最后那个三十岁左右的男人，庄小洛却不认识。她向那男人瞥了一眼，只见他双目炯炯，但神情冰冷。

"你表哥？"庄小洛向古恒问道。

"对呀，他姓张，张……"古恒想了想，"张肇熙，对吧？"

古恒的表哥张肇熙轻轻地点了点头，表情仍然十分冷漠。

"古恒，你表哥真酷呀！"冯悠笑着说。

古恒嘿嘿一笑："他向来是这样的。"

"对了，骆子火，"庄小洛说，"走吧，去看看那密码锁。"

"来吧，大美女侦探！"

众人来到楼梯。在一楼到二楼的楼梯中间，有一扇铁门，门上安装了电子密码锁。

"现在什么情况？"庄小洛问。

"我爸爸说过，打开这扇门的密码由六个数字组成，但到底是哪六个数字呢，他没跟我说过，我也毫无头绪。我们刚才已经尝试了两组密码，都错了，如果第三次输入了错误的密码，我爸爸的手机就会收到报警信号，他立即就会知道我想闯上二楼到妈妈的实验室去了。"骆子火说道。

"你试过什么密码？"庄小洛问。

"我爸的生日，640606，还有我妈的生日，660829。现在只剩下一次机会了，要不试试我的生日？"

古恒点了点头："既然子火哥爸妈的生日都不对，那密码肯定就是子火哥的生日了，快试试吧！"

庄小洛白了他一眼，毒舌道："笨不是错，但笨还要说这么多废话，就不对了。"

"哈哈！"古恒尴尬地干笑了两声。

在众人交谈的同时，思炫独个儿走到密码锁前，稍微查看了一下，说道："密码由1、6、7、9、9、0这六个数字组成。"

"啊？"冯悠轻呼一声，"你怎么知道？"

"一切显而易见，毫无悬念可言。"思炫冷冷地说。

庄小洛也看了一眼密码锁："磨损？"

思炫点了点头："1、6、7、9、0这五个按键，磨损比较严重，而且周围比较肮脏；而2、3、4、5、8这五个按键，基本没有磨损，也比较干净……"

骆子火"噢"的一声，恍然大悟，他的脑筋也十分灵活，思炫还没说完，他已提出疑问："可是，你为什么知道密码要输入两个9？"

"虽然1、6、7、9、0这五个按键都有磨损，但其中9的磨损程度是最严重的，都快要褪色了，目测9的磨损程度，是其他四个按键的两倍，也就是说，每次输入密码时，9都被按下两次，所以，密码是由1、6、7、9、9、0这六个数字组成的。"

"可是，由六个数字组成的六位数，有七百二十个，而我们只剩下一次机会。"庄小洛说道。

这个问题并没有难倒慕容思炫："一般来说，组成密码的第一个数字的按键，是最肮脏的，也是油迹最重的，而这键盘上的1就是这样，所以密码的第一个数字是1。

"骆子火你今年读高三，十八岁，即1996年出生的，对吧？第一个数字是1，密码中包含6、9、9，所以我认为密码的前四位极有可能是：1996。"

大家目瞪口呆地望着这个面无表情的男青年，听着他那语调毫无起伏，内容却行云流水般的推理，均感诧异无比。

骆子火首先回过神来："可是我是11月出生的呀，如果密码是我的出生年月，应该是199611呀，剩下的两个数字怎么会是 7 和 0 呢?"

"反正，现在看来，密码不是 199607，就是 199670，子火哥，赌一把吧!"古恒说道。

"不用赌,"思炫冷冷地说,"密码是 199607。"

"你怎么知……"

冯悠的话还没说完,思炫已在电子密码锁上输入了"199607",只听"咔嚓"一声,铁门果然开启了。

众人又惊又喜。

"哎呀! 真的成功了!"冯悠叫道,"小洛,你男朋友真是太了不起啦!"

而骆子火则向思炫问道: "你为什么会知道密码是这个?"

思炫没有回答,甚至瞧也没瞧他一眼,径自走上二楼。

"喂,庄小洛,你男朋友怎么这么没礼……"

骆子火向庄小洛抱怨。但他还没说完,庄小洛也没理他,跟着思炫走上了二楼。

"什么态度呀?"骆子火嘟哝道。

杜晓菁走上来挽住了骆子火的手臂:"子火,别生气啦,庄小洛就是这样子的嘛,你又不是不知道。我们快上去看看吧。"

"哼!"

于是,其他人也跟着思炫和庄小洛走上楼梯,来到二楼。二楼有一个房间摆满了铁架台、石棉网、酒精灯、烧杯、试管、集气瓶等实验工具，此外还有几个化学药品柜，不像生物实验室，倒像是一个化学实验室。看来骆子火那作为化学家的父亲骆文，就是在这里进行研究工作的。

其他房间则只是普通的卧房。

众人把整个二楼搜索了一遍，别说是什么基因改造怪物，连半点儿可疑的地方也没有发现。

"看来我妈妈的生物实验室是在三楼呀！也就是说，那只基因改造怪物也在三楼！"

骆子火又带着大家回到楼梯，继续上楼。没想到在二楼和三楼的楼梯中间，也有一扇铁门。不过和一楼通往二楼的铁门不同，这扇铁门安装了指纹锁，看来只有骆子火的父母可以开启。

众人只好回到二楼。在二楼的楼梯旁边有一扇黑色铁门，门上安装着一把球形门锁。刚才大家搜索二楼的时候，庄小洛转动过球形门锁，尝试打开这扇铁门，却发现门上锁了。

此时大家再次经过这扇黑色铁门，庄小洛指了指那扇门，向骆子火问道："刚才前往二楼前我留意到，在一楼的楼梯旁边，同样的位置，也有一扇这样的黑色铁门，门上也安装着球形门锁。我还注意到，一楼和二楼的这两扇黑色铁门的门把手上都满布灰尘，应该很久没有开启过。一楼那扇黑色铁门也是上锁的吗？"

骆子火点了点头："那个房间的钥匙早就丢了，那个房间一直是上锁的。"

"那是什么房间?"庄小洛追问。

"我爸说是杂物房,但我从来没有进去看过。"

他说罢向二楼楼梯旁的这扇黑色铁门看了一眼,喃喃地继续道:"这又是什么房间呀?也是杂物房?每层楼的楼梯旁边都有一个杂物房?每个杂物房都是上锁的?真奇怪呀!"

到不了三楼,在二楼也没有发现,最后众人只好返回一楼。

他们都没有发现,此时此刻,在二楼的某个隐蔽的地方,有一双充满杀意的眼睛,紧紧地盯着他们。

第三章　搜查

回到一楼,古恒问道:"子火哥,现在我们要干什么呀?继续想办法破解前往三楼的那扇铁门的指纹锁?"

骆子火想了想:"算了,既然到不了三楼,我们就不冒险了,一起来玩骰子喝红酒吧,今晚我们不醉无归吧!"

"哦?子火,你家有什么好酒呀?"杜晓菁对骆子火的提议很感兴趣。

"我爸有很多藏酒呢!1982 年的大拉菲,还有同年的拉图,有兴趣尝尝吗?"

"好啊！大家都玩吧？"杜晓菁向众人问道。

冯悠笑了笑："我酒量不好，就稍微喝一点儿吧。"

"表哥，你呢？"古恒问张肇熙。

"随便。"张肇熙冷冷地说。

"好！古恒，跟我到酒窖去取酒吧！"骆子火说，"唔，咱们八个人，先取两瓶大拉菲、两瓶拉图，大家没意见吧？"

思炫向庄小洛使了个眼色。庄小洛会意，说道："我和我男友有些累了，不玩啦。子火，现在很晚了，今晚我们想留下来，可以吗？"

"可以呀！我家有很多客房呢！"

沉默寡言的唐巩此时也说道："我有些不舒服，也想回房休息了。"

"那我先带你们到客房去吧。"

接下来，骆子火把众人带到别墅一楼的一道走廊里。这道走廊一侧有七个房间，走廊尽头处的那个房间是骆子火父亲的卧房，旁边的房间是骆子火的卧房，剩下的五个房间则都是空房。

不一会儿，大家都挑好了房间。

杜晓菁把行李放进了骆子火的卧房中，今晚她要和骆子火共寝一室；在骆子火的卧房右边的房间，则由古恒入住；而古恒右侧的房间，则由思炫和庄小洛入住；住在他俩右边的是张肇熙；张肇熙右侧是冯悠；冯悠右边是唐巩；

而在唐巩所选的房间右侧，即走廊的入口处，是洗手间。

房间分配完毕，骆子火、杜晓菁、古恒、冯悠和张肇熙五人，回到一楼的大厅喝红酒，唐巩走进他挑选的房间，而思炫和庄小洛也走进了他俩的房间。

"偶像，现在我们要重返二楼吗？"关上房门后庄小洛立即向思炫问道。

思炫点了点头："是。地毯式搜索。"

于是两人避开正在大厅喝红酒的五人的视线，通过楼梯再次来到别墅二楼。在他们搜查二楼的某个房间时，思炫发现了那个房间的衣柜里放着一些衣服。

"有人住在这里。"思炫说。

"是骆子火的妈妈吗？"庄小洛向衣柜看了一眼问道。

"不是，是男式衣服。"

"哦？"

接下来思炫又走到衣柜旁边的书桌前搜查，发现其中一个抽屉内放着几本书和一个放大镜。

他把那些书拿出来粗略一看，《青蛙弗洛格的成长故事》《不一样的卡梅拉》《小兔汤姆》等，都是童书。其中那本《不一样的卡梅拉》里还夹着一张2013年的日历卡。

"偶像，你知道这两个是什么吗？"

庄小洛指着大床前方的一张茶几问道。思炫转头一看，那张茶几上放着两个仪器，一个类似饮水机，还有一个有点儿像验钞机。

"湿化器和雾化器。"思炫的大脑就像一台储存着大量资料的电脑。

"这两个东西是干吗的?"庄小洛喃喃说道,"骆子火爸爸的化学实验仪器?"

思炫没有回答,而是突然扯开话题,问道:"你发现了吗?二楼的所有窗户都用木板封死了,即使在白天,阳光也无法射进来,整个二楼还是跟晚上一样。"

庄小洛点了点头,开玩笑地说:"为什么要这样做呢?难道二楼住着不能被太阳照到的吸血鬼?"

"不管是吸血鬼,是基因改造怪物,还是人类,反正他应该从来没有离开过这座别墅。"思炫把那几本童书放回抽屉,走到茶几旁,一边摆弄着茶几上的湿化器一边说道。

"咦,你怎么知道?"庄小洛好奇地问。

但思炫却不再说话了。

接下来两人回到一楼,偷偷向大厅看了一眼,只见骆子火、杜晓菁、古恒和张肇熙四人还在玩骰子、喝红酒,冯悠则满脸通红,似乎已有些醉意,坐在一旁,手上拿着一块粉红色的圆形化妆镜,正在梳理头发。

"偶像,现在我们要去哪?"庄小洛悄声问。

"骆浅渊的房间。"思炫低声说。

"看木雕?"庄小洛猜到了思炫的用意。骆子火在朋友圈中说那四个木雕,是在父亲房间的床下找到的。

"是。"

两人来到了走廊尽头，走进了骆子火父亲的房间。进房以后，思炫二话不说，直接爬进床底，果然找到一个木盒。他把木盒拿出来，打开一看，盒里真的放着那四个木雕。

牛头马面，黑白无常。

庄小洛走过来一看，正如思炫所说，每个木雕所持的武器上，果然都刻着"神血"二字。

"真的是'神血'！"庄小洛吸了口气，"偶像，'神血'到底是什么意思？"

思炫冷冷地说："是神血会。"

"神血会？"

"那是一个杀人组织，组织里有四名成员，外号分别是'黑无常''白无常''牛头''马面'。骆浅渊就是神血会的成员之一，"思炫说到这里拿起了那个马面木雕，"这个马面，就代表他。"

"杀人组织？他们都是杀手？"庄小洛问。

思炫摇了摇头："他们所杀的，是他们自以为罪有应得，但法律所无法制裁的人。"

"譬如那些行事极为谨慎、在犯罪过程中没有留下任何证据的罪犯？又或者是那些利用各种法律漏洞而逃过法律制裁的人？"庄小洛问。

"是的。贪官污吏，无良医生，禽兽教师，都是神血会那四个人要杀的目标。他们认为自己杀死这些人，是在替天行道。"思炫顿了顿，接着补充，"他们妄想自己是正义的审判之神，要夺走那些罪人的鲜血，所以他们自称'神血会'。"

思炫一边说，一边把四个木雕放回木盒，接着拿着木盒再次爬到床底，将其放回原处。

"那你觉得他们做得对吗？"庄小洛向床底的思炫问道，"他们真的是正义之神吗？"

思炫从床底爬出来，看了庄小洛一眼，一字一顿地说："他们，只是四个杀人犯。任何人，都无权剥夺别人的生命。这就是我的观点。"

第四章　相册

两人继续搜查骆浅渊的房间，看看还有没有其他线索。

"偶像，你看。"庄小洛在床头柜里找到一本相册。

慕容思炫走过来，拿起那相册，稍微翻看了一下，里面基本都是骆子火小时候的照片，有独照，也有跟父母的合照。

"有蹊跷。"思炫忽然说。

"哦？"庄小洛有些好奇。她明明和思炫同时看到相册里的照片，但却没有发现什么可疑之处。她心中有些感慨："我总觉得自己身边的人都是草包和白痴，他们老半天都捉摸不透的事，我总能一眼看穿。然而和偶像相比，我却成了一个大草包。"

"你没发现吗？每张照片的右下角，都有拍摄的日期和时间。你看看这张照片，拍摄时间是 2000 年 5 月 21 日上午十点二十八分，我暂称这张照片为照片 A。"

庄小洛一看，思炫所指的照片中，骆子火大概四五岁的样子，站在骆家一楼的大厅。骆家的大厅这十多年来变化不大。

"你再看这张照片，拍摄时间是 2000 年 5 月 24 日下午两点二十六分，暂称这张照片为照片 B 吧。"

思炫这次所指的照片，也是骆子火四五岁时拍的，背景也是在骆家一楼的大厅，但有些昏暗。

"这两张照片有什么异常吗？"庄小洛还是瞧不出其中的端倪。

"你认真看看，照片 A 中，骆子火左脚的膝盖有一个明显的伤口，还涂着红药水，大概是刚擦伤没多久；但在照片 B 中，骆子火左脚的膝盖却完好无损，一点儿伤疤也没有。照片 B 的拍摄时间只比照片 A 晚了三天，为什么骆子火膝盖上的伤口，可以在三天内痊愈呢？"

"确实有些奇怪呀。"庄小洛说道。

"还有，在 2000 年 5 月时，骆子火差不多四岁，已经到了上幼儿园的年龄了。照片 A 的拍摄时间是 2000 年 5 月 21 日，那天是周日，骆子火放假在家，很正常。问题是，照片 B 的拍摄时间是 2000 年 5 月 24 日，那天是周三，为什么下午两点多的时候，骆子火不用上幼儿园？"

思炫一边说，庄小洛一边拿出手机查看万年历，正如思炫所说，2000 年 5 月 21 日是周日，5 月 24 日是周三。从找出这本相册到现在，思炫都没有查看过手机。他竟然可以随时说出某年某月某日是星期几？庄小洛对此诧异不已。

"偶像，你怎么能一下子知道十多年前的某一天是星期几？"庄小洛问。

"这是一目了然的。先说 2000 年 5 月 21 日：2000 年的第一天是星期六，初始年份代码为 6，因为是闰年，计算 3 月以后的日期，年份代码要加 1，所以是 7；每一年十二个月的月份代码分别为 6、2、2、5、0、3、5、1、4、6、2、4，5 月份的代码就是 0；日期代码等于日期本身，即 21。7 加 0 加 21 除以 7 等于 4，没有余数，所以那一天是星期日。

"同理，2000 年 5 月 24 日：年份代码为 7，月份代码为 0，日期代码为 24，7 加 0 加 24 除以 7 等于 4 余 3，所以那天是星期三。"

思炫一口气说出了自己计算某年某天是星期几的方法。庄小洛瞠目结舌。

她还没答话，思炫接着说："后面有一张照片，拍摄日期是 2000 年 6 月 26 日，是骆子火穿着校服在幼儿园拍摄的，说明当时骆子火确实已经上幼儿园了。那为什么同年

5 月 24 日的周三，他没有上学？因为病了？

"还有，你再看看，虽然照片 A 和照片 B 的拍摄背景都是大厅，但照片 A 中窗户前的窗帘是拉开的，而照片 B 中窗帘则是拉上的，大厅内因此一片昏暗。为什么大白天要拉上窗帘呢？"

庄小洛忍不住问："偶像，这些问题，你都已经有答案了？"

思炫没有回答，把相册翻了几页，接着又说："再看这两张照片：照片 C，拍摄日期是 2001 年 12 月 15 日中午十二点多，背景也是这里的一楼，照片中的骆子火是平头装的；再看照片 D，拍摄日期是 2001 年 12 月 21 日上午九点多，背景也是这儿的一楼，但照片中骆子火的头发却有些长。12 月 15 日时是平头装，为什么短短六天后，头发却长了这么多？"

庄小洛点了点头，一边用手机查看万年历一边说："我也用你的方法算算：2001 年第一天是星期一，年份代码是 1，那年不是闰年，不用加 1，是这样算吧；12 月份的代码是……4，对吧；日期代码是 15。1 加 4 加 15 除以 7，等于 2 余 6……我查查看，哎哟！2001 年 12 月 15 日真的是周六！偶像，你的方法还真管用呀！"

思炫没有答话。庄小洛接着又说："12 月 15 日是周六，骆子火在家，很正常；可是六天后的 12 月 21 日是周五呀，为什么骆子火也在家呢？又跟照片 B 一样，因为病了，请假在家？不会这么巧合吧？而且，照片 D 中，大厅的窗户也拉上了窗帘……"

"别说话。"庄小洛还没说完，思炫忽然打断。

"怎么？"

"有人。"

没等庄小洛反应过来，思炫已拉着她的手，快步走到衣柜前，以极快的速度打开柜门。庄小洛此时也反应过来，立即和思炫一起走到衣柜里。思炫刚把柜门关上，衣柜外果然传来了一阵房门被打开的声音。

思炫在柜门被关上前一刻，右手伸出食指抵着柜门，让柜门留下了一道缝儿。他透过门缝往外一看，走进来的人竟是唐巩。

只见唐巩慌慌张张地观察了一下房间，见没什么异常，才定了定神，接着钻到床底，把那个装着四个木雕的木盒拿了出来，放在床上，打开木盒，拿出手机对着四个木雕拍照。之后他把木盒放回床底，接着又对房间进行搜索。幸好他没有检查衣柜，否则马上就会发现思炫和庄小洛躲在衣柜里。

那衣柜不大，庄小洛屏住呼吸，紧紧地挨着思炫的身体。她感觉到自己的心在怦怦直跳。

"偶像，"她在思炫耳边悄声说，"你有没有跟女生这样近距离接触过？"

思炫没有理她，只是紧紧地盯着衣柜外正在四处搜索的唐巩。

过了好一会儿，唐巩终于离房而去。思炫打开了柜门，庄小洛依依不舍地和他走出了衣柜。

"唐巩平时独来独往，很少跟同学交流，更不会跟骆子火这样的纨绔子弟有交集。但刚才古恒说，唐巩跟他表哥张肇熙一样，对这里的基因改造怪物感兴趣。看来是唐巩主动请求骆子火让他加入这个冒险团的。"庄小洛分析道。

思炫点了点头，淡淡地说："现在看来，唐巩所感兴趣的，并非那基因改造怪物，而是骆子火的父亲骆浅渊。他和我一样，因为看到骆子火发布在朋友圈中的那四个木雕的照片而来到这里。刚才他说不舒服想回房休息，其实只是找机会进来调查木雕而已。"

"难道他也在调查神血会？"庄小洛提出假设。

思炫皱眉不语。

"说起来，偶像，你是怎么知道神血会的？你为什么要调查他们？"庄小洛问。

但思炫却没有回答，径自走出了骆浅渊的房间。庄小洛低声嘟哝了一句，也跟着他走了出来。

此时已经是晚上十一点多了。两人再次来到大厅，偷偷看了一眼，骆子火、杜晓菁和古恒还在喝酒，张肇熙坐在一旁闭目养神，冯悠则已经不在大厅了。

"杜晓菁，你又输啦！快喝！"古恒兴奋地叫道。

"喝就喝！"杜晓菁把自己杯子里的红酒一饮而尽。

古恒哈哈大笑："子火哥的女朋友真是女中豪杰呀,不像那冯悠,喝几杯就说自己不行了,要回房睡觉,真扫兴呀!"

"1982年的大拉菲和拉图呀,偶像,咱们要不要去喝一杯?"庄小洛笑问。

没等思炫回答,她接着又说："哎哟,我忘了,你是不喝酒的。"

思炫打了个哈欠："我们回房吧。"

两人回到走廊,走进了他们所挑选的房间。

"偶像,只有一张床哦,呵呵。"

思炫没有回答庄小洛,甚至瞧也没瞧她一眼,径自走到房间的角落,从口袋里拿出一副七巧板拼了起来。

插曲之一:"复仇者"的计划

凌晨一点多。

大家都已在自己的房内休息。

此时,一个人蹑手蹑脚地从房间走出来。

他是一个"复仇者"。他要在这座别墅里亲手制裁那个杀死了他父母和女儿的"肇事者"。

三个月前,"肇事者"开着一台越野车和女朋友兜风时,因车速过快,撞伤了一个六十多岁的老大爷。因为

"肇事者"没有驾驶证，而且当时是酒后驾驶，他丢下被自己撞伤的老大爷，开车逃离。

然而，在逃逸的过程中，"肇事者"因为害怕，导致越野车失控，撞死了正在人行道上散步的两个老人和他们一岁多的孙女。

那三个死者，就是"复仇者"的父母和女儿。

一年多前，"复仇者"的妻子在生下女儿时，因为羊水栓塞引起了多器官功能衰竭，最终抢救无效，就此永远离开了"复仇者"和刚出生的女儿。

没想到，一年多以后，"复仇者"要再次面临丧失最亲最爱之人的痛苦——而且是同时失去三个亲人！

再说当时，"肇事者"撞死三人后，向车上的女朋友提出，给她三十万，让她顶包。女朋友答应了。交警到场后，将其女朋友带回公安局接受调查。

事后，"复仇者"觉得事有蹊跷，于是对警方所逮捕的"肇事司机"展开调查，发现她的父亲因为重病，急需大量金钱治疗，她之所以跟"肇事者"交往，也只是为了钱而已。"复仇者"顺藤摸瓜，接近当时和她同车的"肇事者"，最后果然查到他才是真正的肇事司机。

可是，"复仇者"没有证据指证"肇事者"。

最后，因为失去了所有亲人而万念俱灰的"复仇者"，决定亲自制裁"肇事者"。

今晚，就是"复仇者"的复仇之夜。

现在，"复仇者"将要杀死"肇事者"，为自己的父母和女儿报仇！

"复仇者"首先来到别墅的大门外，从背包里取出一个手机信号屏蔽器，把它打开，就放在门外。

接下来，他回到别墅里，把大门关上，并且又从背包里取出一把铁锁，把大门从内上锁。

他这样做，是以防万一。万一今晚动手的时候被"肇事者"躲过了，但至少"肇事者"暂时无法离开别墅，而且因为手机的信号被屏蔽了，他也无法打电话向外界求救，这样一来，"复仇者"就能寻找机会，再次动手，杀死"肇事者"。

而如果"复仇者"等一下一击即中，一下子就杀死了"肇事者"，他自然会来打开大门上的铁锁，并且把门外的手机信号屏蔽器关闭、收起。

现在一切准备就绪了。

"复仇者"回到走廊，正要潜入"肇事者"所在的房间，竟然看到那个房间的房门打开了。

"复仇者"吓了一跳，连忙躲起来，只见从房内走出来一个人，正是"肇事者"！

此时"肇事者"满身酒气，走起路来跟跟跄跄，大概酒还没醒。

"复仇者"咽了口唾沫。这正是他杀死"肇事者"的绝好时机。

"肇事者"跌跌撞撞地朝位于走廊入口处的洗手间走去。"复仇者"悄悄跟在后面。

"肇事者"走进了洗手间。

"爸，妈，还有我最爱的宝宝，我要为你们报仇了！"

"复仇者"狠狠地咬了咬牙，掏出了早就准备好的尖刀，跟着"肇事者"走进了洗手间……

第五章　尸体

一阵急促的拍门声惊醒了已经进入梦乡的庄小洛。与此同时只听房外传来骆子火的声音："庄小洛，快出来！快！"

庄小洛秀眉一蹙，坐起身子，向房间的角落看了一眼，只见思炫还在那里拼着七巧板，对房外骆子火的叫喊声充耳不闻。

"什么情况？"庄小洛揉了揉眼睛问道。

"不知道。"思炫这才慢条斯理地收起了七巧板。

庄小洛走到门前，打开房门，果然看到骆子火就在门外。

"什么事呀？"庄小洛问。

"糟啦！糟啦！晓菁死了！还有古恒的表哥也死了！尸体就在洗手间里！"骆子火气急败坏地说。

"咦?"庄小洛怔了一下。

而思炫两眼一亮,几下青蛙跳来到房门前,冷冷地说:"我们去看看。"

思炫和庄小洛所在的房间的右边,是古恒表哥张肇熙的房间,张肇熙的房间的右侧,则是冯悠的房间。此时只见骆子火快步走到冯悠的房门前,拍门叫道:"冯悠!快出来!"

房内没人应答。骆子火扭动门把手,发现房门没有上锁,开门一看,却见房内没半个人影。

"咦,冯悠呢?"骆子火说。

与此同时,冯悠的房间右侧的房门打开了,唐巩从房内走出来,一脸疑惑地问:"三更半夜的,怎么这么吵呀?"

"大事不妙啦!晓菁和古恒的表哥都死了!"骆子火叫道。

"什……什么?"唐巩吓了一跳,紧接着,他害怕得连声音也颤抖了,"怎……怎么会这样呀?"

"别废话了,快去看看吧。"庄小洛说。

一楼的洗手间,就在唐巩所在的房间的右边。四人走到洗手间前探头一看,只见张肇熙坐在地上,靠着马桶,杜晓菁则横躺在张肇熙跟前,两人都一动不动,看样子确实已经死亡。

在张肇熙的尸体旁边,还有一把闪闪发光的尖刀。

众人还没回过神来，思炫已走进洗手间，简单地检查起这两具尸体来。

与此同时庄小洛问骆子火："你是怎么发现他们的尸体的？"

"我们喝完酒后，我和晓菁回到我的房间，不一会儿我就睡着了。刚才我被尿憋醒，却见晓菁不在房内，我以为她是上厕所去了，于是到洗手间找她，却发现了她和古恒的表哥的尸体。"骆子火心有余悸地说道。

"接下来你就立即来叫醒我们？"庄小洛又问。

"是的。"

庄小洛点了点头，接着也走进洗手间，四处查看了一下，发现杜晓菁右手的食指沾着血，而她的手附近的地面也有一些被擦拭过的血迹，不禁心想："难道杜晓菁死前用血在地上写下了凶手的名字，但这个死亡留言最后却被凶手毁掉了？"

她还在思考，只听思炫冷不防说道："两个人的死亡原因都是头部被钝器重击，根据伤口的形状，可以推断凶器应该是扳手。"

"说起来，"庄小洛忽然说，"古恒呢？"

"我拍过他房间的门，但没有人回答。"骆子火说。

"去看看。"思炫面无表情地说。

于是，四人回到古恒的房间前。思炫走到门前，扭动了一下门把手，门并没有上锁。思炫把门推开，只见古恒横躺在地，纹丝不动。

"又一个？"庄小洛微微一怔。

"不……不会也死了吧？"骆子火声音颤抖。

唐巩望着地上的古恒，呆若木鸡，全身上下都在抖个不停。

思炫则大大地打了一个哈欠，走进房内，来到古恒跟前，稍微查看了一下，冷冷地说："是死了。"

"怎……怎么会这样呀？"骆子火满脸惊慌，"到底是谁杀死了晓菁和古恒他们呀？"

思炫没有理会他，蹲下身子，开始检查古恒的尸体。

在思炫检查古恒身上的伤口之时，庄小洛也走过来，搜查了一下古恒身上的物品。

片刻以后只听思炫说道："死因也是头部遭受重击，凶器应该是烟灰缸。"他说到这里向庄小洛看了一眼，问道："有找到吗？"

庄小洛明白思炫的意思，摇了摇头："没有。不过，我发现了古恒的鞋底有血迹。"

思炫点了点头，慢慢地站起身子，伸展了一下四肢。

"我知道凶手是谁了！"骆子火忽然大叫。

"是谁呀？"唐巩好奇地问。

"是冯悠！刚才我们查看过，冯悠不在房间里。她一定是在杀死了晓菁、古恒和古恒表哥后，逃离了我的家。"

庄小洛想了想，说道："我们到门外看看吧。"

四人来到大门前，却发现门把手被一把铁锁锁住了。

"怎么回事？"骆子火脸色发青。

"看来杀人凶手想把我们困在你家呀。"庄小洛淡淡地说。

唐巩连忙掏出手机，想要打电话报警，却发现手机没有信号。

"这儿怎么没信号？"

"不会吧？"骆子火也拿出自己的手机一看，也没有信号，"怎么会这样呀？"

思炫向别墅大门瞥了一眼，一脸木然地说："有可能是凶手在门外放了一个手机信号屏蔽器。"

"那是啥？"骆子火不安地问。

"可以乱码干扰手机接收报文信号的仪器，它处于工作状态时，手机就不能检测出从基站发出的正常数据，不能与基站建立连接。"思炫慢条斯理地解释。

"那我们怎么办呀？"唐巩惊慌失措。

"我爸妈过两天就会回来了，到时候就会把我们救出去了。"骆子火说。

无法离开骆家，也无法联系外界，慕容思炫、庄小洛、骆子火和唐巩四人，只好先回到走廊，约好等天亮以后再会合并想办法离开后，便各自回房休息。

骆子火和唐巩回到自己的房间后，庄小洛向思炫问道："偶像，你怎么看？"

"去找冯悠。"思炫说罢打了个哈欠，"她还在别墅里。"

两人在一楼四处搜索，不一会儿来到了楼梯前方。

此时思炫指了指那扇黑色铁门，淡淡地说："那扇门有蹊跷。"

"怎么说？"庄小洛问。她不得不承认，虽然在常人眼中自己是个智慧超群的天才少女，却经常跟不上思炫的思维。

思炫走到那扇铁门前，慢悠悠地解释道："其实在刚到别墅的时候，我也有注意到这扇门。正如你所说，门把手上沾满了灰尘，但你没有注意到，门上的蜘蛛网却被破坏了，这说明这扇铁门在近期被打开过，只是开门的人是从门后把门打开的，所以没有碰到外面的门把手。"

庄小洛微微一惊："你是说，杂物房里有人？"

思炫摇了摇头："这个不是杂物房。唔，你再看看，现在门把手上的灰尘也被抹掉了一些，说明在我们回房后，有人从外面打开过这扇铁门，这个人就是冯悠。"

他一边说，一边扭动铁门上的球形门锁，发现铁门真的没有上锁。

开门一看，正如思炫所说，门后并非杂物房，而是一部电梯！

"竟然是电梯！"庄小洛有些诧异，她定了定神，接着分析，"看来这部电梯是可以通往别墅的二楼和三楼的。但是后来骆子火的妈妈要研制基因改造怪物，二楼和三楼因此成为禁地，所以骆子火的父母要加建这扇铁门，这样的话，再加上楼梯中间的铁门，在一楼的人就无法前往二楼和三楼了。"

思炫点了点头："二楼的这个位置，也有一扇黑色的铁门，如果我们现在乘坐电梯前往二楼，就能到达那扇铁门的门后。不过你刚才也试过了，二楼的黑色铁门是上锁的，无法开启，也就是说，住在二楼的人，也是进不了电梯的。

"所以，情况应该是这样的：某个人从三楼乘坐电梯来到一楼，当时一楼的黑色铁门上的球形门锁是上锁的，但只要那个人在门后转动内执手，就能释放锁闭装置，把锁打开。铁门被打开后，门上的蜘蛛网就被破坏了。之后那个人又把铁门关上，但没有上锁，所以我们现在可以通过转动外执手把门打开。"

"我们乘电梯到三楼去看看？"庄小洛问。

"好。"

思炫按下电梯门旁边的那个向上箭头的按键，果然电梯的门打开了。

只见一个人躺在电梯的轿厢内，蜷缩着身体，一动不动。

"冯悠。"思炫说道。

庄小洛走进电梯一看，躺在地上的果然是冯悠。此时她面容扭曲，瞳孔散大，早已死亡。

"悠!"庄小洛有些难过。毕竟她和冯悠从高一到现在都住在同一个寝室,两人经常一起到饭堂吃饭,感情不错。

"她的手上拿着手机。"思炫一边检查着冯悠身上的伤口一边说道。

庄小洛深深地吸了口气,定了定神,把冯悠手上的手机拿过来。解锁屏幕后,出现在屏幕中的是一张照片——张肇熙和杜晓菁的尸体,以及蹲在两具尸体前,拿着扳手的骆子火。

插曲之二:"复仇者"之死

一个半小时前。

"复仇者"张肇熙看到那个撞死了他的父母和女儿后找人顶包的"肇事者"——骆子火走进了洗手间。

"爸,妈,还有我最爱的宝宝,我要为你们报仇了!"

张肇熙狠狠地咬了咬牙,掏出尖刀,跟着骆子火走了进去。

刚才,张肇熙只喝了几杯红酒便坐到一旁闭目养神,就是为了保持清醒的大脑,杀死骆子火。

现在,他终于要手刃仇人了!

然而,刚踏进洗手间,张肇熙忽然听到耳后传来"砰"的一声,与此同时后脑一阵剧痛。他吃力地转过头一看,竟见骆子火高举着扳手，站在自己身后。

"为……为什么……"

张肇熙的意识在迅速消失。他竭力思考着当前的情况。只是他想不明白，明明亲眼看着骆子火走进了洗手间，为什么眨眼间骆子火却会在自己身后出现？

难道洗手间内有密道？

想着想着，他觉得四肢无力，一屁股坐在地上，靠着马桶。

骆子火还在紧紧地盯着他，目光之中既带着愤怒，又充满恐惧。

"难道……他知道了我的身份……他知道我要杀死他为父母和女儿报仇……所以先下手为强……"

刚好此时，一个人走进洗手间。张肇熙抬头一看，原来是骆子火的女朋友杜晓菁。

眼前的情景自然是她始料未及的。她突然看到受伤倒地的张肇熙和拿着扳手、目露凶光的骆子火，吓得呆住了："怎么回事呀？子火……你……你……"

她还没完全反应过来，骆子火已一把抓住了她的手。

"啊？救……"杜晓菁想要大声呼叫，但声音却戛然而止，因为骆子火已举起扳手在她的头上狠狠地砸了一下。刹那间，她四肢酥软，"扑通"一声跪下，倒在了张肇熙的身旁。

张肇熙看了骆子火一眼，只见他盯着地上的杜晓菁，呼呼地喘着气，似乎有些不知所措。

突然，他蹲下身子，两手抱头，嘴里发出"呜呜呜"的悲鸣声。

张肇熙趁机把脑袋凑到杜晓菁耳边，耗尽最后的一丁点儿力气低声说道："你……你的手指能动吗？……写下……他的名字……"

杜晓菁在迷迷糊糊间听到了张肇熙的话，于是用手指沾上地上的血。她要在地板上写下"骆子火"三字，告诉别人杀死她和张肇熙的凶手是谁。

然而，"火"字只写了一半，她已脑袋下垂，香消玉殒。

就在这时，忽然洗手间外闪过一阵白光。

张肇熙再次把头一抬，只见冯悠拿着手机站在洗手间门外。

"啊？"白光也引起了骆子火的注意，他轻呼一声，猛地转头一看，发现了冯悠。

冯悠拔腿就跑。骆子火一跃而起，拿着扳手追了出去。

张肇熙心想："冯悠想要上厕所，无意中目睹骆子火用扳手袭击杜晓菁。她想用手机拍下骆子火行凶后的情景，事后交给警察，没想到手机却忘了关闪光灯……"

他想到这里，觉得头痛得厉害，而且意识越来越模糊。

"我要死了……要死了……唉！"

突然，他的大脑变得清晰起来，脑海中陆续显现出父母、妻子和女儿的面容。他知道，这是回光返照，很快，自己就要告别这个世界，去跟亲人们相聚。

"死了更好吧……"

这几个月，痛失父母和女儿的他，每天都如行尸走肉一般。他想自杀，一了百了，只是没能制裁那个撞死父母和女儿的凶手，他不甘心。现在，生命终于要结束了，这对他来说，也算是一种解脱吧。至于骆子火……上次他撞死了三个人，逃过了法律的制裁，这次他又杀死了两个人，恐怕怎么也逃不掉了吧？

然而，在他闭上眼睛前的一刹那，却无意中看到浴缸里有一个穿着蓝色衣服的人。

那人一头栽在浴缸里，背部朝天。所以他也没能看清那个人的样貌。

只是，他认得那个人所穿的是骆子火的衣服。

难道这个倒在浴缸里的人才是骆子火？

那刚才袭击自己和杜晓菁，现在正在追杀冯悠的人又是谁？

张肇熙永远不会知道这个问题的答案了，因为当他想到这里的时候，他的生命已经终止。

第六章　怪物

"骆子火？凶手是骆子火？"庄小洛倒吸了一口凉气。

慕容思炫朝冯悠手机中的照片瞥了一眼，淡淡地说："他穿的衣服是黑色的。"

庄小洛想了想："咦？对呀！我们刚来到这里时，骆子火所穿的衣服是蓝色的，而刚才他把我们从房间叫出来时，也还是穿着那件蓝色的衣服，但为什么在杀死张肇熙和杜晓菁等人时，要特意换上一件黑色的衣服呢？"

思炫摇了摇头："这个人不是骆子火。你再看看照片，浴缸里还有个人，虽然看不到样子，但那个人所穿的正是骆子火的衣服，他才是骆子火。"

"那这个黑衣'骆子火'到底是谁……"

庄小洛话没说完，忽然不远处传来一阵男子的惨叫声。

"什么情况？"她立即警惕起来。

思炫斜眉一皱："声音是从走廊那边传来的。"

两人暂时不理会冯悠的尸体，快步回到走廊，刚好看到唐巩也从他的房间走出来，一脸害怕地问："发生了什么事呀？"

他话音刚落，只见身穿蓝衣的骆子火从自己的房间跑出来。他的手上还拿着一把正在滴血的扳手。

"有人想杀我！"他气急败坏地说。

思炫、庄小洛和唐巩走过去一看，只见骆子火的房间里躺着一个人，身穿黑衣，长相竟然和骆子火一模一样。

"啊？怎么会这样？"唐巩惊呼。

庄小洛也满脸诧异："真的有两个骆子火？"

思炫走进房间，来到那个黑衣"骆子火"的前方，探了探他的鼻息，冷冷地说："死了。"

庄小洛向骆子火看了一眼："是你杀了他？"

"是他想杀我！"骆子火激动地说，"刚才这个人突然闯进我的房间，二话不说，就拿着扳手朝我砸来！"

"然后呢？"唐巩问。

"然后我一脚把他踢开了，他的扳手因此掉在地上，我便捡起扳手反击……喂！我这可是正当防卫呀！是他先要杀我的！"骆子火朗声道。

庄小洛没有理会暴跳如雷的骆子火，向黑衣"骆子火"的尸体看了一眼，朝思炫问道："亲爱的，你知道这个人是谁？"

思炫点了点头，淡淡地说："他是骆子火的双胞胎兄弟。"

"什……什么？"骆子火呆住了，"怎么可能？我是独生子呀！"

思炫咬了咬手指说道："他确实是你的双胞胎兄弟，只是你的父母没有告诉你。而且，他一直也住在这座别墅里。"

"难道他就是骆子火爸妈所说的住在二楼和三楼的'基因改造怪物'？"庄小洛问。

思炫伸了个懒腰，有条不紊地展开推理：

"我暂称骆子火的这个双胞胎兄弟为骆二吧。我和庄小洛在你们喝红酒的时候，重返别墅二楼进行搜索，在某个房间的衣柜里找到了一些男式衣服。那个房间，就是骆二的卧房。他一直就住在这座别墅的二楼。

"二楼的所有窗户都用木板封死了，阳光无法射进来，这让我做出了一个假设：住在二楼的骆二患有重型白化病。重型白化病患者如果晒太阳，很容易被紫外线灼伤皮肤，从而诱发皮肤癌。骆子火的父母为了保护骆二，所以把二楼的所有窗户都封死了。

"此外，骆二的卧房里放着湿化器和雾化器，刚好白化病的患者因为会出现肺纤维化的症状，需要湿化与雾化治疗，这进一步证实了我的假设的正确性。

"还有，骆二卧房书桌的抽屉里，放着一个放大镜。而白化病确实会导致患者视力减退，甚至双眼视力丧失。所以，放大镜的存在，再一次验证了'二楼住着一名重型白化病患者'这个假设。

"不过，和放大镜放在一起的几本书，都是童书，而且出版日期都是近几年的。其中那本《不一样的卡梅拉》里还夹着一张2013年的日历卡。这就说明，这几本书最近一两年还被翻过，绝不是某个成年人小时候看过的图书。所以当时我得出的结论是：住在二楼的重型白化病患者，是一名十岁以下的孩子。"

庄小洛听到这里忍不住问："亲爱的，那你是什么时候发现住在二楼的白化病患者，是骆子火的双胞胎兄弟的？"

"就在我们潜入骆子火父亲的房间，看到那本相册的时候。"

"哦！"庄小洛恍然大悟。

"什么？你们潜入过我爸的房间？"骆子火问，"你们想干吗呀？"

思炫没有回答他，接着推理：

"庄小洛，你还记得那几张奇怪的照片吧？照片 A 中骆子火的膝盖上有伤口，但三天后拍摄的照片 B 中，骆子火膝盖上的伤口却奇迹般地痊愈了。此外，照片 B 拍摄于周三，但那天骆子火却在家里，不用上幼儿园。还有，照片 B 中，明明是大白天，别墅大厅却拉上了窗帘。

"现在你明白了吧？照片 A 中的孩子确实是骆子火，但照片 B 中的孩子，却是和骆子火长相一致的双胞胎兄弟骆二。因为他有白化病，不能外出，自然也不用上幼儿园。他大概从来没有离开过这座别墅吧，偶尔到一楼来玩，他的父母也得先把一楼的窗帘拉上。

"接下来的照片 C，骆子火留着平头装，而六天后拍摄的照片 D，骆子火的头发却长了许多，原因自然同上。

"也就是说，这本相册中的照片，有些是骆子火的，有些则是骆二的，但骆子火一直都以为所有照片都是自己的，毕竟，那些都是他们小时候所拍的照片，他对此记忆不深。

"而我在看到相册后，就知道住在二楼的重型白化病患者，是骆子火的双胞胎兄弟了。至于他为什么还在看童书呢，因为少数白化病患者，在发育的过程中，智力会受到影响，而骆二刚好就是其中一个。"

思炫说到这里稍微顿了顿，清了清嗓子，尝试还原事情的来龙去脉。

"骆二大概在两三岁时，被查出患有重型白化病。于是，骆子火的父母为了让他避开阳光，不再让他离开别墅。可是他们又怕骆二逐渐会对身体健康，可以正常上学的骆子火产生嫉妒，于是索性把骆二隔离起来，不让骆子火知道骆二的存在，也不让骆二知道骆子火的存在。一对双胞胎兄弟，从此被隔离。

"骆子火的父母在一楼到二楼的楼梯中间安装了一扇铁门，又在每层楼的电梯前方加建了一扇门，让骆子火无法到别墅二楼去。从此，骆子火住在别墅一楼，主要由骆子火的父亲照顾，骆二则住在完全见不到阳光的二楼，主要由骆子火的母亲照顾。骆子火的母亲之所以很少到一楼来，主要原因不是忙着做生物实验，而是照顾骆二。

"在骆子火上幼儿园的时候，骆二可以到一楼玩。但到了晚上，或者是周末，以及寒暑假的时候，因为骆子火在家，骆二就不能离开二楼了。十多年来，骆子火不知道二楼住着自己的一个双胞胎兄弟，而骆二也不知道一楼住着的骆子火，甚至不知道这个世界上除了父母以外还有其他人存在。

"骆二因为智力低下，要骗他不要离开二楼，并非难事。但骆子火智力正常，他的父母怕他对别墅的二楼和三楼产生好奇，为了避免他闯上二楼，从而发现骆二的存在，他俩就骗他说二楼和三楼有'基因改造怪物'，绝不能靠近。"

思炫的推测合情合理，骆子火虽然一时之间无法接受，但也无从反驳。

"那骆二为什么要杀死张肇熙、杜晓菁和冯悠，最后还企图袭击骆子火？"庄小洛问。

"什么？"骆子火大惊，"冯悠也死了？"

庄小洛点了点头："是的，尸体就在电梯里——就是楼梯旁边的那扇黑色铁门的后面。"

"电梯？我家竟然有电梯？"骆子火十分诧异。

思炫没有理会他，接着推理：

"我们可以代入骆二的角色，尝试还原他的心理状态：他从出生到现在，一直住在这座别墅里，接触过的人只有他的父母，他不知道这个世界上还有其他人存在。

"骆子火的父母在离家前，给骆二准备好足够的食物，并交代他自己照顾好自己。本来他一个人住在二楼，平安无事。可是昨天晚上，我们破解了密码锁，来到了二楼。我们搜索二楼的时候，骆二大概躲在自己卧房的衣柜里或床下吧。总之，他一直在监视着我们这些来历不明的入侵者。他对我们既恐惧又憎恨。

"后来，我们因为到不了三楼而回到一楼，骆二就在二楼找到一把扳手，跟着我们来到一楼，继续躲在暗处监视着我们，看看我们这些入侵者到底要在他的家里做什么。

"当他发现其中一个入侵者的长相和他一模一样时，他一定会感到更加害怕，会以为我们是会变脸的怪物。

"再后来，骆二大概看到了张肇熙拿出一把刀子，以为他要把自己找出来，杀死自己，于是先下手为强，在洗手间用扳手杀死了张肇熙。刚好他行凶时杜晓菁也来到了洗手间，他怕杜晓菁呼叫而惊动其他人，于是把她也杀死了。

"这时，冯悠也来了，她还目睹了骆二杀死杜晓菁的全过程。她以为这个杀人凶手骆二是骆子火，于是悄悄拿出手机，想要偷偷拍下现场的照片，留下证据。怎知她拍摄时忘了关闪光灯，被骆二发现了。于是她逃到楼梯旁边的那扇黑色铁门，走了进去——那扇门没有锁，但最后还是被骆二追上了，还在电梯里被杀害了。"

骆子火一边听一边点头："不错，合情合理。"

"这么说，杀死古恒的人也是这个骆二?"唐巩看了看骆二的尸体问道。

庄小洛摇了摇头："不是。"

"咦?"骆子火一脸疑惑,"那古恒是谁杀死的?"

庄小洛瞥了骆子火一眼,冷冷地说:"就是你呀,骆子火。"

第七章　证据

"什么?"骆子火怒极,"喂!庄小洛!你可别胡说八道啊!"

庄小洛不慌不忙地展开了推理:

"杜晓菁的尸体旁边有一些被擦拭过的血迹,我认为那是杜晓菁的死亡留言,她死前曾用自己的血在地上写下了凶手的名字,但这些血字后来被擦掉了。

"我们现在通过冯悠所拍的照片得知,杀死杜晓菁的凶手就是骆二。可是当时杜晓菁不知道骆二的存在,她以为杀死她的凶手就是骆子火——毕竟骆子火和骆二的长相完全一致,所以杜晓菁在地上写的名字是'骆子火'。

"那么是谁毁掉了这个死亡留言呢?是古恒。我在检查古恒的尸体时,发现他的鞋底有血迹,那正是把地上的血字擦掉的痕迹。而且,我还搜查过古恒的尸体,没在他的身上找到手机。古恒的手机到哪儿去了呢?

"于是,我做出了如下假设:骆子火上厕所,因为醉酒,栽在浴缸里睡着了;张肇熙因为某种原因想要袭击骆子火，看到他走进洗手间，掏出刀子跟了进去；躲在附近监视的骆二看到张肇熙掏出刀子，于是先下手为强，用扳手袭击张肇熙；接着杜晓菁也来到洗手间，同样被骆二杀死了；冯悠因为拍照被骆二发现，逃离洗手间，骆二紧追其后。顺带一提，照片信息显示，冯悠拍摄照片的时间是凌晨一点十八分。

"在此之后，古恒因为要上厕所来到洗手间，发现了张肇熙和杜晓菁的尸体、醉酒不醒的骆子火，以及杜晓菁没写完的'骆子火'三字死亡留言。他因此以为杀死张肇熙和杜晓菁的凶手是醉酒的骆子火。

"为了威胁骆子火，古恒用手机拍下死亡留言，之后把手机藏在别墅里某个地方。骆子火酒醒后，回到房间。古恒就到他的房间找他，说知道他杀人的事，还说自己有证据。最后骆子火为了永远封住古恒的嘴巴，摆脱他的勒索，杀死了他……"

"放屁！"骆子火激动地打断了庄小洛的推理，"说这么多，都是你瞎猜而已吧？没有证据，就不要随便污蔑我！"

骆子火定了定神，接着说道："好！事到如今，我就实话跟你们说吧：为不引起你们怀疑，有一件事我确实是撒谎了，事实上，我并不是在刚才才到洗手间去的。我在一点左右就来到洗手间，后来确实在洗手间的浴缸里睡着了。我醒来的时候，已经是凌晨两点了，我发现张肇熙和杜晓菁的尸体在我旁边后，立即离开洗手间，到走廊把你们三个叫醒。我没有回过自己的房间，古恒没有来找过我，我也没有杀过人！"

庄小洛轻蔑地笑了笑："骆子火，你这垂死挣扎的模样，真是难看极了。其实你的抵赖是毫无意义的，因为你早已留下了心理证据。"

唐巩好奇地问："什么心理证据？"

"从走廊尽头开始算起，走廊内各个房间的顺序依次为：骆子火父亲的房间、骆子火和杜晓菁的房间、古恒的房间、我和我男友的房间、张肇熙的房间、冯悠的房间、唐巩的房间、洗手间。

"骆子火说他在洗手间醒来后，发现了张肇熙和杜晓菁的尸体，连忙来叫我们。当时在洗手间旁边的就是唐巩的房间，按照常理，骆子火应该先把唐巩叫出来，接下来叫冯悠，最后才会到我和我男友的房间拍门。

"然而，事实上，骆子火当时是先跑到我和我男友的房间前拍门，把我俩叫了出来的。为什么要跳过唐巩和冯悠的房间呢？因为，骆子火的起点根本不是洗手间，而是古恒的房间——他刚把古恒的尸体拖回古恒的房间。从古恒的房间到洗手间，自然是先经过我和我男友的房间，再到冯悠、唐巩的房间。"

"这是哪门子的心理证据呀？"骆子火不服气地说，"你经常以侦探自居，发生了杀人案，我当然首先想到要去找你呀!"

"是吗?"庄小洛冷笑一声,"那为什么把我和我男友叫出来后,你不去古恒的房间叫他,而是直接去找冯悠和唐巩呢?是因为早就知道古恒已经死了,觉得没有必要吧?"

"不!我……我……其实在把你们叫出来之前,我有拍过古恒房间的门,但他没有回答啊!"骆子火辩解道。

庄小洛笑道:"哎呀,别说啦好不好?越说漏洞越多了。你说你拍过古恒的房门,那为什么不直接开门看看呢?古恒的房间可没有上锁哦,后来我男友一扭动门把手就打开了。不要跟我说因为你有礼貌,不会随便打开别人的房门,因为在找冯悠的时候,你拍门没人应答后,也是直接把门打开的。

"当然也不要改口说你已经打开过古恒房间的门看过,因为如果你开过门,不可能没发现古恒的尸体。

"所以,唯一的结论就是:你根本没有到过古恒的房间去拍门、开门,因为你早知道房间里只有古恒的尸体。"

"这……够了!说这么多,都是废话!有证据吗?"骆子火恼羞成怒。

庄小洛倒有些为难,因为确实没有实质证据指证他就是杀死古恒的凶手。

沉默了许久的思炫此时冷不防说道:"有证据。"

"啊?"骆子火脸色微变。

庄小洛也好奇地问："亲爱的，是什么证据？难道是……手机？"

思炫点了点头，把大家带到大厅，指了指大厅角落的一张按摩椅："这张按摩椅上有一个抱枕。我和庄小洛回房前，那个抱枕的摆放位置，跟现在有些许出入。所以我认为，有人碰过那个抱枕。"

"哈哈，亲爱的，你的眼睛简直就是一台照相机嘛。"

庄小洛一边说一边走到按摩椅前，果然在抱枕里找到了古恒的手机。手机里最新拍摄的那张照片，是杜晓菁的尸体，以及她那还没写完的死亡留言"骆子丶"。

思炫把手机拿过来瞥了一眼，冷冷地说："这张照片拍摄的时间是凌晨一点三十七分，照片也拍到了浴缸，当时骆子火已经不在浴缸里了，这跟骆子火所说的'他在凌晨两点才在洗手间醒来'有矛盾。"

庄小洛呵呵一笑，对骆子火说："你既然在一点三十七分前已经发现了张肇熙和杜晓菁的尸体，为什么要到两点才来找我们呢？这二十多分钟你要干什么？自然就是要杀死威胁自己的古恒了。"

证据确凿，骆子火再也无法抵赖。只见他"扑通"一声跪倒在地，两手抱头，一脸绝望。

片刻以后，他才终于向思炫、庄小洛和唐巩道出他杀死古恒的过程和动机。

骆子火确实是在一点半左右就醒来了，当他发现张肇熙和杜晓菁的尸体后，大吃一惊，匆匆离开洗手间，回到自己的卧房。他并没有发现杜晓菁的死亡留言。

过了一会儿，古恒来到他的房间找他。

"子火哥，我刚才看到你从洗手间出来，张肇熙和杜晓菁都是你杀的，对吧？"

"你有病呀？胡说什么？"骆子火骂道，"无缘无故，我干吗要杀死他俩？"

"嘿嘿，是因为张肇熙想杀你吧？"古恒皮笑肉不笑地说。

"我跟张肇熙无冤无仇，他干吗要杀我？"

"无冤无仇？"古恒冷笑一声，"子火哥，到了现在，我跟你说实话也无妨了。张肇熙根本不是我的表哥，他接近你，就是为了杀死你。几个月前你和昕昕游车河时撞死了三个人，对吧？"

"你……你怎么……"骆子火没想到古恒竟然会知道这件事。

古恒没有解答他的疑惑，接着说："那三个人，就是张肇熙的父母和女儿！"

"什么？"

原来当时，张肇熙为了深入调查骆子火，买通了骆子火的跟班古恒，让他成为自己的线人。古恒跟骆子火本来就是没什么交情的酒肉朋友，他只是为了利益才成为骆子火的跟班。在收到张肇熙的两万块线人费后，他便开始对骆子火展开调查。

他请律师去到看守所会见昕昕——那个帮骆子火顶包的女生。律师对昕昕软硬兼施，连哄带吓，终于使她承认了自己为骆子火顶包之事。

古恒把这个调查结果告诉了张肇熙。张肇熙因此得知，害死自己父母和女儿的真正凶手是骆子火。

昨天当张肇熙从古恒口中知道骆子火在班上组织同学到他家去冒险后，又给了古恒一万块，要求古恒带他一起去。就这样，张肇熙以古恒表哥的身份，以"对基因改造怪物感兴趣"为理由，来到了骆子火家。

"不过我也没想到他会在这里动手。"古恒说道，"总之，他想在洗手间杀你，你反击时杀死了他，你杀他的过程被杜晓菁看到了，于是你一不做二不休，连杜晓菁也杀了，对吧？"

"放屁！"骆子火怒骂。

"子火哥，你抵赖也没用呀！杜晓菁死前在地上留下了死亡留言——你的名字。不过你放心，我已经帮你把那几个血字擦掉了。但是呀，在擦掉血字前，我不小心拍下了一张照片呢。"古恒的表情有些嚣张，"怎么样？很想把那张照片删除吧？不过呀，我已经把手机藏在某个地方了，你是找不到的。子火哥，要不这样吧，你现在转二十万封口费到我账号，我就把手机拿出来，交给你。"

虽然张肇熙和杜晓菁确实不是骆子火杀死的，但古恒知道骆子火撞死人的事。骆子火深知古恒是个卑鄙小人，哪怕这次把钱给他，他以后也会一而再再而三地向自己勒索的。于是，骆子火拿起他房间里的烟灰缸，狠狠地砸到古恒的头上，杀死了他，以绝后患。

冷静下来后，骆子火先把古恒的尸体拖回他自己的房间，接着把凶器藏起来，最后去找庄小洛和慕容思炫，并且假装自己刚从洗手间醒来，发现了张肇熙和杜晓菁的尸体。

第八章　碎镜

此时已经凌晨三点多了。

骆子火讲述完毕，四人重返洗手间，庄小洛在张肇熙的口袋里找到一把钥匙，果然可以打开别墅大门上的铁锁。

四人走出去一看，正如慕容思炫所说，门外放着一台手机信号屏蔽器。

庄小洛把信号屏蔽器关闭后，便打电话给她和思炫的刑警朋友霍奇侠，把这里的情况简单地告诉了他。

在等候警察前来别墅的过程中，唐巩忽然走到骆子火跟前，吸了口气，问道："骆子火，你爸的手背上是不是有一个纹身？"

他的嘴唇在微微地颤抖。

"咦，你咋知道？"骆子火疑惑地问。

"他……他……"唐巩忽然急促地喘起气来，紧接着还使劲地咳嗽起来。庄小洛向他看了一眼，只见他两眼通红，脸色苍白，大汗淋漓，似乎难以呼吸。

"喂，你没事吧？"庄小洛问。

唐巩吃力地举起手，指了指自己的口袋。庄小洛会意，连忙翻看了一下他所指的口袋，果然找到一瓶哮喘气雾剂。唐巩吸入气雾剂后，脸色才逐渐缓和下来。

"原来你有哮喘病呀？"骆子火说。

唐巩瞪了他一眼，突然毫无先兆地一跃而起，挥拳向骆子火打来。

"砰"的一声，骆子火的脸被重重地打了一拳，霎时间肿了一块。

"妈的！你干吗？"

骆子火跟唐巩扭打起来。思炫和庄小洛都没有阻止，站在一旁观看。

两人打了一会儿，霍奇侠便带着几名刑警赶到现场，制止了他们。

和霍奇侠他们一起来的，还有法医和勘查人员。

庄小洛把骆子火在三个月前撞死了三个人，以及今晚骆二杀死了张肇熙、杜晓菁和冯悠，其后骆子火又杀死了古恒等事，详详细细地告诉了霍奇侠。最后，霍奇侠要把骆子火带回公安局接受讯问，而思炫、庄小洛和唐巩三人，也需要到公安局去向警方提供跟案件相关的详细信息。

在众人准备离开别墅之际，思炫走到霍奇侠跟前，冷冷地说："等我十分钟。"没等霍奇侠答话，他已转身走进别墅。

"亲爱的，什么情况?"庄小洛问。但思炫头也不回。庄小洛看了霍奇侠一眼，霍奇侠点了点头，庄小洛连忙跟上思炫。

思炫走进别墅后，直接来到楼梯旁边的电梯前。

刚才，他和庄小洛就是在这里发现了冯悠的尸体。当时，思炫本来想乘坐电梯到别墅三楼一探究竟，后来因为听到骆二被骆子火袭击的惨叫声，而暂时离开电梯，前往走廊。

此时冯悠的尸体已被警方带走，电梯内空无一物。

思炫刚走进电梯，便听电梯外传来庄小洛的声音："偶像，等等我。"

在两人乘坐电梯前往三楼的过程中，庄小洛推测道："三楼应该也住着一个人，这个人在众人到达别墅前，通过电梯来到一楼，当时一楼电梯前的那扇黑色铁门上的球形门锁是上锁的，那人在门后转动内执手，释放了锁闭装置，使一楼的黑色铁门处于开启状态。

"但那个人并没有走出一楼，紧接着又把铁门关上，乘坐电梯回去了，所以一楼的黑色铁门外面的门把手的灰尘并没有被抹掉。

"二楼电梯前方的黑色铁门处于上锁状态，锁闭装置没有被释放，可见那个人关上了一楼的黑色铁门后，就乘坐电梯回三楼去了。"

她话音刚落，电梯到达了三楼。两人走出电梯，四处查看，只见三楼的布局和二楼大同小异。

"哦？"此时思炫在电梯门附近的地板上捡到了一块粉红色的圆形化妆镜。

"这块化妆镜好像在哪里见过。"庄小洛说道。

"是冯悠的，骆子火他们在喝酒时，冯悠曾对着这块镜子梳理头发。"思炫一边说一边打开化妆镜，只见镜子已经碎裂了，似乎曾经受过严重撞击。

"怎么碎了？"庄小洛好奇道。

思炫以极快的速度朝前方的墙壁扫了一眼，果然发现墙上有一处明显的撞击痕迹。他把镜盒拿到那痕迹前比对了一下，说道："吻合。有人把镜盒使劲地扔到墙上，镜盒因此碎裂并且掉在地上。"

"是住在三楼的那个人吧？"庄小洛推测道，"骆二杀死冯悠后，那个人从冯悠的尸体上取走这块镜盒，回到三楼，然后把镜盒扔到墙上。可是，到底为什么要这么做呢？"

"答案显而易见。"思炫虽然这样说，但却没有现在就道出谜底的意思。庄小洛也没有再问。

两人继续搜查三楼。不一会儿，发现其中一个房间内放着显微镜、切片盒、培养皿、玻璃试管等仪器，看上去像是一间小型生物实验室。

此外，实验室内还摆放着不少植物和盆栽。

思炫四处查看了一下以后，对庄小洛说："根本没有基因改造怪物。"

"为什么？"

思炫指了指实验室内的一个书柜。庄小洛一看，书柜里放着《植物资源学》《药用植物分类学》《植物显微技术》等二三十本跟植物有关的书，恍然大悟："骆子火的妈妈是一名只研究植物的生物学家，根本没有研究过什么基因改造怪物。"

思炫点了点头："骆子火的父母之所以告诉骆子火二楼和三楼有怪物，只是为了阻止他见到骆二，以及……"他顿了顿，一字一字地续道："住在三楼的人。"

"住在三楼的到底是什么人呢？"庄小洛十分好奇。

"你没发现吗？"思炫淡淡地问。

"什么？"

"整个三楼，没有镜子，没有玻璃，没有经过研磨抛光的金属，也没有可以装水的盘子。"

庄小洛"咦"的一声："没有任何具有反射光线能力的镜面物品？"

"是。"思炫轻轻地打了个哈欠，"好了，现在最后一块拼图也找到了，我们走吧。"

最后，思炫和庄小洛乘坐电梯回到一楼，跟霍奇侠回公安局去了。

离开之前，思炫最后还向这座三层别墅看了一眼。

与此同时，别墅内有一双眼睛也透过三楼的一扇窗户，紧紧地盯着思炫。

插曲之三：毁容女子

次日。深夜。

一台白色的小车开到了骆家大门前。

车上走下来一个男子，头戴渔夫帽，脸上还戴着太阳眼镜和口罩。

男子低着头快步走进骆家，直接来到楼梯旁边的电梯前方，乘坐电梯来到了三楼。

他走到三楼的一个卧房前方，轻轻打开房门，只见房内的床上有一个女子，此时她双目紧闭，正在熟睡之中。

这女子的左眼被紧紧粘住的皮肤遮住了，右脸有几块肌肉跟脖子粘在一起，遮盖了小半边嘴巴，甚至把鼻子也拉扯得变了形，脸上的其他部位也满是疙瘩，实在是恐怖至极，令人一看之下，毛骨悚然！

这是一个被毁了容的女子！

男子看到毁容女子这扭曲的五官，也倒抽了一口凉气，接着他深深地吸了口气，定了定神，蹑手蹑脚地走进卧房。

虽然他步伐极轻，但还是把毁容女子惊醒了。毁容女子惊呼一声"怪物"，操起放在自己身旁的一根铁棍，就朝男子打去。

男子吓了一跳，连忙从口袋里掏出了一把麻醉枪，向毁容女子发射。毁容女子左腿中枪，"哎哟"一声，跪倒在地。男子快步走过去，用沾有迷药的手帕紧紧地捂住了毁容女子的嘴鼻。毁容女子挣扎了一会儿，便昏迷过去。

男子定了定神，抱起毁容女子，通过电梯回到了一楼。

第九章　埋伏

昨天离开公安局后，慕容思炫到超市买了几袋干面包和几瓶矿泉水，便匆匆返回，躲在骆家附近一个隐蔽的地方，监视着骆家的大门，两天一夜，没有离开过半步。

这天深夜时分，他终于等到一台白色的小车来到了骆家大门前，也看到了那个以渔夫帽、太阳眼镜和口罩来遮盖面容的男子。

男子匆匆走进骆家后，思炫把他开来的小车的四个轮胎全部刺破了。

大概在十分钟后，男子抱着一个人从骆家走出来。

站在骆家大门旁边的思炫冷不防说道："我等你很

久了。"

男子吃了一惊,颤声道:"你……你是……?"

思炫没有回答男子的问题,只是大大地打了一个哈欠,接着便口若悬河地推理起来:

"在发现冯悠的尸体后,我检查过她头上的致命伤口,有条状表皮剥脱和皮肤出血,根本不是扳手造成的,倒像是被棍棒之类的钝器所伤。而骆二直到攻击骆子火时,手上仍然拿着扳手。也就是说,杀死冯悠的凶手根本不是骆二。

"当时,骆二发现了冯悠后,冯悠逃到楼梯旁边的电梯里,没有被骆二发现,暂时躲过了骆二的追杀。然而冯悠并没有因此逃过一死,因为接下来她就被另一个凶徒用棍棒打死了。

"这个凶徒,就是住在这座别墅三楼的那个神秘人,也就是现在你抱在手上的这个女子。"

思炫说到这里朝男子抱在手上的人瞥了一眼,只见那人一动也不动,似乎正在昏迷之中。思炫抓了抓杂乱不堪的头发,继续推理:

"我推测,这座别墅里,一共住着五个人,分别是:骆子火的父母亲,双胞胎兄弟,以及这个杀死冯悠的神秘人。其中,骆子火、骆二和神秘人,彼此都不知道对方的存在。

"一楼和二楼之间安装了带有密码锁的铁门,二楼和三楼之间也安装了带有指纹锁的铁门,此外,三层楼的电梯门前都加装了一扇黑色铁门，因此，一楼、二楼和三楼，都成了独立的空间，并不相通。

"骆子火住在一楼，主要由他的父亲照顾，他基本每天晚上都在一楼度过，而周六周日以及寒暑假，他白天也会在一楼。

"骆二住在二楼，他基本每天都在二楼度过，而在骆子火上学的时候，他偶尔会被父亲带到一楼玩耍。因为骆二患有重型白化病，所以二楼的窗户都被封死了，阳光无法射进来。

"至于那个神秘人，则住在三楼，主要由骆子火的母亲照顾，她从来没有离开过三楼。

"三楼电梯门前的那扇黑色铁门的钥匙，就藏在三楼的某个地方。昨天，在骆子火等人到达别墅前，神秘人无意中找到了那把钥匙，打开了三楼的黑色铁门。从来没有打开过那扇铁门的她，十分好奇门后有些什么。于是，她找来了一根用作防身的铁棍后，便走进那黑色铁门，来到电梯门前。

"她看到电梯门旁边有个按键，随手按了下去，电梯的门便打开了。好奇的她走进电梯一探究竟。后来，她在电梯里无意中按下了一楼的按键，来到了别墅一楼。

"从来没有离开过三楼的神秘人对外界的事物一窍不通，根本不知道电梯是什么。她阴差阳错地来到一楼后，电梯的门打开了，她从电梯走出来，从里面打开了一楼电梯门前的黑色铁门，探头一看，发现自己来到了一座和自己居住的地方所不同的房子……不对，她当时的感觉应该是，自己原来居住的房子，霎时间变成了一座陌生的房子。

"她大惊失色，不敢出来，于是关上了黑色铁门，回到电梯里躲起来。此时，一楼的黑色铁门的锁闭装置已经被释放了。也就是说，在骆子火等人进入别墅时，一楼的黑色铁门是没有上锁的。骆子火不知道，因此对大家说：'那个房间的钥匙早就丢了，那个房间一直是上锁的。'大家也因此没有去尝试扭动一楼的黑色铁门的门把手。

"后来，冯悠被骆二追杀，逃到楼梯旁，情急之下尝试扭动那扇黑色铁门的门把手，把门打开了，并且逃进了电梯，因此躲过了骆二的袭击。

"只是，当时神秘人也在电梯里！她看到冯悠突然闯进来，大吃一惊。神秘人从来没有离开过三楼，根本不知道这个世界除了父母外还有其他人存在，突然看到冯悠这么一个入侵者，以为她要伤害自己，于是拿起铁棍袭击冯悠，杀死了她。

"冯悠被袭击的时候，她放在口袋里的那个圆形化妆镜掉了下来，被神秘人捡走了。此后，神秘人再次无意中按下了三楼的按键，终于回到了自己居住的三楼。"

男子一直没有打断思炫的话，只是偶尔向自己开来的、此刻就停在不远处的那台白色小车望去，似乎想要寻找机会把抱在手上的那人带到小车里。

此时，只见思炫向男子走近了一步，冷冷地说："骆浅渊，你现在抱在手上的这个人，也是你的孩子，是骆子火和骆二的妹妹——骆三，对吧？她在很小的时候就毁容了，所以你和你妻子让她住在三楼，不让她接触外面的世界。此外，你们还把三楼的镜子、玻璃等具有反射光线能力的镜面物品都带走了，不让骆三知道自己毁容了这件事。

"骆三捡走了冯悠的化妆镜回到三楼后，因为好奇，打开了对她来说如潘多拉之盒的镜子，看到了镜中的自己。她从来没有见过镜子，不知道镜子是什么，突然看到一个面容恐怖的'怪物'出现在镜子里，以为自己所捡来的这件东西里住着一只恶魔，大惊失色，所以把镜子扔向墙壁，镜子因此破碎……"

突然，男子抱着手中之人跑向小车，以迅雷不及掩耳之势打开车门，走到车内，想要开车逃跑。

思炫慢悠悠地走过来，冷冷地说："轮胎都被我刺破了，你逃不了了，骆浅渊。"

男子定了定神，知道逃跑无望，轻轻地叹了口气，看了思炫一眼，慢慢地摘掉了渔夫帽、太阳眼镜和口罩。出现在思炫面前的，竟是一个二十来岁的男青年。

思炫斜眉一蹙，没有说话。

与此同时那男青年说道："我不是你所提到的骆先生，是骆先生叫我帮他来带走她的女儿而已。"

思炫冷然问："你跟骆浅渊是什么关系？"

"我女朋友被一个富二代迷奸了，因此跳楼自杀。那富二代的爸爸有权有势……后来是骆先生帮我杀死了那个富二代。"男子叹了口气，"如果不是骆先生，我永远无法为我女朋友讨回公道……"

男子还没说完，他的手机突然响了起来。男子拿出手机一看，微微一怔，接着便接通了电话："骆先生……嗯，我知道了。"

接着，男子把手机递给思炫："骆先生找你。"

思炫用手指夹起手机，放到自己耳边，但没有说话。过了一会儿，手机里传来一个比较低沉的男人的声音："你是叫慕容思炫，对吧？我们查过了，你是在六年前来到L市的，这六年来，你在L市侦破了许多奇案。唔，我也不拐弯抹角了。慕容思炫，你就是反神会所培养出来的继承人，对吧？"

思炫没有回答，只是冷冷地说："说吧。"

电话中的男人"哦"的一声，用平淡中略带一丝忧伤的语气，娓娓道来。

第十章　隔离

"你也知道我的真名了，骆浅渊。十多年前，是1996年，在发生了'雷霆号'的那件事以后，为了躲开B市警方的追捕，我和神血会的其他三名同伴连夜离开了 B 市。

"为了掩人耳目，我们四个分别前往不同的城市暂居，直到几个月后才在 L 市会合。

"我离开 B 市的时候，带上了我的妻子缪幻。我俩是在 7 月份到达 L 市的。你也猜到了，我家一楼通往二楼的那扇铁门的密码，199607，就是我们到达 L 市的时间。从此，我和妻子就在 L 市定居下来了。

"当时我妻子已经怀孕五个月了。到了年底，妻子生下一对双胞胎男婴：骆子火和骆子风。过了两年，妻子又生下一个女婴：骆子雪。我最大的愿望，就是和妻子以及三个子女过着平平淡淡、与世无争的生活。

"可是天意弄人，在子雪出生后没多久，我们带子风到医院体检时发现，他患有重型白化病，不能跟阳光接触。于是我封了家里的电梯，又在一楼和二楼的楼梯之间建造了一扇隔音的铁门，并且安装了密码锁。从此子风在二楼和三楼生活，由妻子照顾；子火和子雪则在一楼生活，主要由我照顾。

"当时我的化学实验室也在一楼。祸不单行，两年后，有一次，在我上厕所的短短十分钟里，四岁的子火带着两岁的子雪闯进了我的实验室玩儿，子火推动化学药品柜，柜子里的一瓶浓硫酸掉了下来，刚好砸在子雪的脸上……我可怜的女儿呀！"

这个名叫骆浅渊的男人说到这里时，语气有些悲伤。

思炫没有说话。

骆浅渊顿了顿，接着讲述：

"子雪毁容了，等待她的，必然是一条崎岖曲折的人生道路。为了减少外界对她的伤害，我又在二楼和三楼的楼梯之间建造了一座隔音铁门，并在门上安装了指纹锁，只有我和我妻子的指纹可以开门。从此，子雪住在没有镜子的三楼，主要由妻子照顾；子风住在见不到阳光的二楼，我的实验室也搬到二楼；子火则住在一楼。因为当时子火和子风已经四岁了，而且子火已经上幼儿园了，所以我可以同时照顾他们两个。

"当然，我偶尔也会到三楼去照顾一下子雪，而妻子当然也会偶尔到二楼或一楼照顾子火、子风。子火上学的时候，我有时候会带子风到一楼玩儿。但子雪却从来没有离开过三楼。

"我和妻子对子雪说，这个世界只有我们三个人，屋外有许多吃人的怪物，所以不能离开屋子。唉，这就是子雪要杀死冯悠这个从外面闯进来的'怪物'的原因吧。

"对于子风，我们也是这样说的。子风的病导致他的智力到了五六岁时就不再发育了，所以他对我俩的话深信不疑。也因为这样，他才会杀死张肇熙和杜晓菁，而且还追杀冯悠、袭击子火。对于他来说，他们都是会吃人的'怪物'。

"至于子火，我和妻子则告诉他，二楼和三楼是妈妈的生物实验室，里面有妈妈所研究的基因改造怪物，决不能靠近。我实在低估了子火的好奇心，也没想到你会前来并破解了密码锁，打开了通往二楼的铁门，最终酿成悲剧。

"唉，也怪我一时技痒，雕出了代表我们神血会的那四个木雕，然后又阴差阳错地被子火发布到网上，被你和唐巩看到了。唉，一切冥冥之中早有主宰呀。"

思炫听到这里，冷冷地问："唐巩的背景，你也深入调查过了吧？"

"是的。相信反神会的人也跟你说过吧，我们神血会四个人的手背上，都有和自己的外号所一致的纹身，我手背上的纹身就是'马面'。这是我们在成立神血会的时候，为了表示劫富济贫、警恶惩奸的决心而纹上去的。

"三年前，'黑无常'杀死了L市的一个贪官，并且把他藏在家里的五十斤黄金和难以计数的现金取走了，送给了一千多名有需要的人。

"当时，贪官那十多岁的儿子无意中目睹了'黑无常'杀死父亲的情景，因恐惧而哮喘发作，生命垂危。'黑无常'为他找出哮喘气雾剂，救下他的性命，却在救他之时被他看到了自己左手手背上的黑无常纹身。

"这个贪官的儿子，就是唐巩了。或许是天意吧，他后来成了我儿子的同班同学，因为看到那四个木雕的照片，想到杀死他父亲那人手上的黑无常纹身，认为我和他父亲的死有关，所以跟着子火来到我家调查。"

思炫听到电话里的骆浅渊说到这里时长长地叹了口气。

"自作孽，不可活。"思炫冷冷地说。

"慕容思炫，我知道，你埋伏在这里两天一夜，就是为了逮住我，你要把我和子雪都交给警察。唉，虽然子雪杀了人，但这不是她的错啊，而是我一手造成的。你就不能放她一马吗？

"你不必回答了，我知道你的答案必然是否定的，因为你是反神会的继承人。但是，你知道吗？我妻子的手术失败了，她已经永远离开了我；我的小儿子也永远离开了我，竟然还是被我的大儿子亲手……呜呜……我的大儿子也因为杀人被捕。现在，我就剩下子雪一个了，我还怎能让她出事？对不起，我真的不能把她交给警察……"

思炫听到这里，斜眉一蹙，朝男子从别墅里抱出来的人瞥了一眼，恍然大悟：那只是一个人偶而已。

骆浅渊早就料到慕容思炫会埋伏在别墅的大门附近。在让这位自己曾经帮助过他报仇的男子假扮成他抱走骆子雪的同时，他也利用工具弄开了别墅后方的一扇窗户上的防盗网。男子回到一楼后，把骆子雪交给了他。随后，两人声东击西，男子抱着假装成骆子雪的人偶从大门出来，引起慕容思炫的注意，拖延时间，骆浅渊则抱着真正的骆子雪从屋后逃跑。此时此刻，骆浅渊早已带着骆子雪逃之夭夭了。

为什么骆浅渊要对骆子雪使用麻醉枪和迷药，而不现身表明身份，让她跟自己走呢？因为骆子雪从小到大都由母亲照顾，和骆浅渊感情不深，现在又遭逢如此变故，骆浅渊怕她惊恐之下，不肯配合，一旦惊动了屋外的慕容思炫，两人便无法逃离。

至于骆浅渊煞费周章地用人偶替换骆子雪，而不是直接把她带走，则是为了引慕容思炫现身，和这个来自反神会的继承人正面对决。

"你逃不了。"思炫冷然道。

"唉，妻子和两个儿子都不在了，我不会再回这个家了。你说我自作孽，是的，我的家庭落得这样的下场，很大程度上是我一手造成的。但是，我并没有因此而后悔加入神血会。

"那些借助权力逃脱罪名的当权者，那些借助金钱而逍遥法外的罪犯，那些贪官污吏，那些社会败类，一切法律所无法制裁的罪人，我们神血会都不会放过，这是我们永远的使命！"

骆浅渊顿了顿，一字一字地说："法治不彰，人们太需要神血会的正义审判了。"

思炫轻轻地"哼"了一声，以极为冰冷的语气说道："神？正义？可笑。你们只是四个自以为是、自欺欺人的杀人犯而已。"

没等骆浅渊答话，思炫便扔掉了电话，也没有再瞧那陌生男子一眼，转过身，一步一步地走向远处的黑暗之中。

雍乌的杀局

第一章　设局

"早知如此，何必当初呢？"

雍乌对着面前的尸体，喃喃地说道。

死者是一个四十来岁、身材臃肿的男人。此时横躺在大厅的茶几旁边，衣衫不整，腹部的赘肉展露无遗，一副大腹便便的样子。

这个男人名叫郭帅，是 L 市的一名三级高级法官。

杀死郭帅的人，正是雍乌。

这里是郭帅的家。此时雍乌戴着手套，还穿着鞋套，确保不在郭帅家留下自己的指纹和脚印。

雍乌看了看手表，凌晨三点十七分。

他微微吸了口气，走出了郭帅的家。

郭帅的家在左岸上筑五幢 702 房。这个小区的楼房，每一层有四个单位。现在，雍乌来到郭帅家对面的 701 房的大门前。

701房里有一个名叫杨一健的独居男子。

杨一健家的大门安装着密码锁。而雍乌此前曾在门框上安装了针孔摄像头，从而得知密码。此时他输入密码，打开大门，轻手轻脚地走进了杨一健的家。

来到卧房，只见杨一健正在熟睡之中，屋里响着雷鸣般的鼾声。

雍乌从背包里取出一根电击棒，走到杨一健身前，按下电击开关，放到杨一健的肩膀上。只见电光一闪，杨一健的身体猛地抽搐了一下，便不省人事了。

现在杨一健任人摆布了。

虽然，在雍乌的计划中，是要杀死杨一健的，但现在还不能动手。

雍乌先放下背包，接着在杨一健卧房的衣柜里找到一件带帽子的外套和一条牛仔裤，自己穿上。之后他又来到玄关的鞋柜前，取出一双运动鞋换上。最后他走出杨一健家，来到这一层的电梯前，戴好外套上的帽子，并且按下电梯门旁边那向下的按键。

他摘掉手表，放进口袋。在此之前他看了一眼手表，凌晨三点三十一分，跟计划时间十分接近。

此时，电梯的门打开了。雍乌低着头走进电梯，按下一楼的按键。

他戴着手套，不会在按键上留下指纹。

电梯内的监控摄像头自然拍下了此时电梯里的情景。

但雍乌的手套是超薄且透明的，通过监控难以看出他此时戴着手套。

到达一楼，雍乌匆匆走出电梯，离开五幢，接着快步走出左岸上筑。他知道，在离开小区的大门前，他的每一个动作，都被小区内的监控摄像头拍下了。

而这就是雍乌的目的：让警方认为杨一健在凌晨三点半离开了自己的家，走出了左岸上筑。

来到小区门外，雍乌终于离开了监控范围。他拿出手表重新戴上。此时已经是凌晨三点三十五分了。

接下来，雍乌来到旁边的左岸上筑地下停车场入口。

这个小区的地下停车场，只在几个重要的位置以及出入口的电子栏杆上安装了摄像头，存在大量拍摄死角。如果开车进出停车场，当然无法避开监控摄像头。但如果是步行进出，只要知道摄像头的位置，完全可以避开所有监控。

雍乌早就通过某种途径取得这个停车场的平面图，对于停车场内每一个摄像头的位置和拍摄范围，都了然于胸。

此时他贴着墙壁走进停车场，按照自己早就规划好的路线，避开了所有摄像头，最后来到郭帅和杨一健所住的五幢的楼梯口。

接着他通过楼梯回到五幢七楼——楼梯里自然也没有监控录像，重返701房——杨一健的家。

他走到玄关的鞋柜前，脱掉杨一健的运动鞋，接着又在鞋柜里取出一双拖鞋穿上，并且把运动鞋放到自己的背包中。

现在，他要开始伪装现场了。

他走进厨房，打开冰箱，只见冰箱里放着两瓶啤酒。

"只有两瓶呀……"雍乌皱了皱眉。这可有些麻烦。但如果现在到附近的便利店买啤酒，风险更大。权衡利弊后，雍乌决定就用这两瓶啤酒来伪装现场。

他从背包里取出一个大号保温壶，打开一瓶啤酒，把啤酒全部倒进保温壶里。其实把啤酒倒进马桶中，事后警察也很难查出。但雍乌做事极为谨慎，哪怕是一丝破绽，也不想留下。

接着，他拿着那个空啤酒瓶来到杨一健的卧房，把瓶口放到杨一健的嘴里，使瓶口留下杨一健的唾液，然后又让杨一健的手抓住瓶子，在瓶子上留下杨一健的指纹。

这就是雍乌刚才暂时不杀死杨一健的理由了。活人留下的指纹，会有汗液和油脂；而尸体印下的指纹，则没有这些分泌物质留下。

处理完毕，雍乌把这个空瓶子扔在大厅的沙发上。

之后，雍乌又从冰箱里取出另一瓶啤酒，把其中三分之二的啤酒倒进保温壶中，接着又如法炮制，在瓶子上沾上杨一健的唾液和指纹。

不过这个瓶子他并没有扔在沙发上。他把瓶子暂时放在桌子上，接着从背包里取出了一个金色的财神铜像摆件。

这是他用来杀死郭帅的凶器。当然，戴着手套行凶的他，并没有在凶器上留下自己的指纹。

现在，他让杨一健的右手紧紧握着财神铜像的头部。这样，财神铜像上便留下了杨一健的指纹，以及毛孔所分泌出来的汗液和油脂了。

然后，雍乌拿着那小半瓶啤酒和财神铜像，走出杨一健家，重返702房——郭帅的家，把啤酒瓶扔在玄关旁，又把财神铜像扔在郭帅的尸体旁边。在此过程中，杨一健的拖鞋的鞋印自然也留在了郭帅家的地板上。

接下来，雍乌又回到杨一健家，把拖鞋扔在鞋柜外，并且换回自己的鞋子——当然是套着鞋套的，之后来到卧房，深深地吸了口气，把昏迷中的杨一健抱了起来。雍乌每周都去健身房锻炼，身体健壮，而杨一健的身材又比较瘦小，雍乌把他抱起可谓轻而易举。

他抱着杨一健走到郭帅家门前，在门铃以及大门的内外门把手上都印上了杨一健的指纹。

他如此大费周章，是要造成这样的假象：杨一健在自己家里喝啤酒，差不多喝完第二瓶的时候，有些醉意，穿着拖鞋，来找郭帅生事。杨一健按下郭帅家的门铃，郭帅来开门，杨一健进去后，把啤酒瓶扔在玄关处，接着与郭帅发生冲突。冲突过程中，杨一健拿起了郭帅家大厅的财神铜像，重击郭帅的头部，杀死了郭帅。杀人后，杨一健夺门而逃，回家换过衣裤，乘坐电梯来到一楼，逃离小区。

现在杨一健已经没有利用价值了。

在郭帅家门外，有一个特大号行李箱，那是雍乌带来的。此时雍乌把杨一健放到行李箱里。

接着，雍乌从背包里取出一支针筒，针筒里装着巴比妥酸盐、肌肉松弛剂和钾溶液的混合药剂——这是一个化学家朋友提供给他的。注射死刑所用的就是这种药剂，被注射者会瞬间死亡。

"善恶到头终有报呀。"

雍乌把针筒插进了杨一健的手臂。死神在向杨一健招手了……

最后，雍乌从杨一健家里取走杨一健的证件、手机和钱包，又把抽屉里的几百块现金带走，并且把这些东西全部放到行李箱里。

把郭帅家和杨一健家的大门关上后，雍乌拖着装有杨一健的行李箱，从楼梯来到地下停车场。

地下停车场的监控摄像头对他来说形同虚设。哪怕是拖着一个特大号行李箱，他也能在这里来去自如。

第二章　现场

莫轻烟来到左岸上筑五幢七楼时，702 房已被先到的同僚封锁了。她的下属董靖站在门外，一看到莫轻烟从电梯出来，就叫了一声："莫姐！"

"确认死者的身份了吗？"莫轻烟问，"真的是郭帅？"

董靖点了点头："是的！已经确认了。"

莫轻烟认识郭帅：L市人民法院的一名三级高级法官，三次荣立一等功，两次荣立二等功，先后被评为省、市办案能手和优秀法官。四年前，四十出头的他荣获"全国模范法官"的称号，这堪称法官的最高荣誉。

是谁杀害了一名如此优秀的法官呢？

"是谁发现死者的？"莫轻烟问。

"是死者的秘书。他现在就在屋里。"

"法医到了吗？"莫轻烟又问。

"到了，是王主任。"董靖一边说一边帮莫轻烟抬高了门前的警戒线。

莫轻烟弯腰走进702房，只见大厅的茶几前方躺着一个四十来岁的男子，正是法官郭帅。此时在郭帅的尸体上已贴满了各种测量标签。

一个五十来岁的男子正蹲在郭帅的尸体旁进行尸检。他叫王凡，是L市公安局物证鉴定中心的主任法医师。

"王主任，情况怎样？"莫轻烟走到王凡身旁问道。

王凡抬头向莫轻烟看了一眼，淡淡地说："死亡原因是被钝器重击头部，后脑有挫裂创，那是致命伤。伤口尺寸和尸体旁边的一个财神铜像摆件吻合，初步推测那个铜像就是凶器。

"尸僵已高度出现，角膜中度浑浊，结膜也开始自溶了，估计死亡时间是昨晚十一点到十二点半之间，回去做解剖可以得出更精确的时间。"

莫轻烟转头吩咐身后的董靖："凶器拿过来我看看。"

董靖拿来一个透明的物证袋，里面装着一个金色的财神铜像摆件，铜像上隐约有些血迹。

"这是死者家的物品吗？"莫轻烟一边打量着铜像一边问。

"是的，已经跟死者的秘书确认过，这是死者家大厅陈列柜上的摆设。"

"用死者家的摆设杀害死者……"莫轻烟喃喃自语，"是临时起意杀人？"

她想了想，接着说："小董，你去走访一下这一层的住户，看看昨晚十一点到十二点半这段时间，有没有听到什么吵闹声或异常声响。"

"好！"

董靖走出 702 房后，莫轻烟又走到一位正在现场勘查、取证的侦查员身后，问道："现场还有什么发现吗？"

侦查员递给莫轻烟一个装着啤酒瓶的物证袋："这是在玄关旁发现的，发现时里面还有小半瓶啤酒。"

莫轻烟转头问王凡："王主任，死者死前有喝过酒？"

"没有。"

"那么，啤酒瓶是凶手留下的？"莫轻烟自言自语道，"酒后临时起意杀人？"

"莫姐，还有这个，"侦查员又递给莫轻烟一个装着水果刀的物证袋，"这是在死者旁边发现的。"

"嗯，都带回去详细检查。对了，死者的秘书在哪里？带我见见他。"

接下来，莫轻烟在郭帅家的书房里对郭帅的秘书进行询问。秘书说，今天上午八点半有个重要会议，但向来准时的郭帅直到九点也没有出现，他先后打郭帅手机和家里电话都没人接听，于是到郭帅家来查看。郭帅十多年前和妻子离婚后，一直是独居的，秘书因为经常出入他家，所以有他家的钥匙。秘书来到这里后，发现了郭帅的尸体，便立即打电话报警。

昨晚十一点到十二点半，秘书在家，他的妻子和儿子都可以做证，因此莫轻烟暂时排除了秘书的作案嫌疑。

这时候董靖回来了："莫姐，这一层有四个单位，其中703房和704房的住户都说没有听到异常声响，701房好像没人在家。"

"我知道了。接下来，你负责被害人的人际关系走访，看看有谁具备杀人动机。"莫轻烟顿了顿，又向在场的另一名下属吩咐道，"沈鸽，你去调取案发前后小区内的监控录像，特别注意这一幢的电梯的录像。"

第三章　分析

当天下午，在 L 市公安局刑警支队的一个会议室内，郭帅被杀一案的核心调查人员莫轻烟、王凡等，正在讨论着案情。

此时，莫轻烟正在向众人说明最新的调查情况："我们查看过左岸上筑五幢那部电梯昨晚九点到凌晨一点的监控录像，发现死者郭帅在九点四十七分进入电梯，来到七楼，此后便没再离开家了。"

王凡开始说明解剖结果："经过解剖，可以把被害人的死亡时间精确到昨晚十一点到十二点间。凶器确实是那个财神铜像。死者身上没有其他外伤，估计是被一击毙命，根本无法反抗。"

物证鉴定中心的一位技术员接着说道："在凶器上有一组遗存时间较新的指纹。此外，死者家的门铃、大门内外侧，以及那个在玄关旁找到的啤酒瓶上，都留下了这个人的指纹。"

王凡分析道："这个人很有可能就是凶手。他一边喝酒一边来到 702 房前，按下门铃，在被害人开门后，把啤酒瓶扔在玄关旁，之后和被害人发生冲突。冲突过程中，凶手受酒精影响，随手拿起陈列柜上的财神铜像，重击被害人头部。杀死被害人后，凶手推开大门，逃离了现场。"

莫轻烟问："现场不是还有一把水果刀吗？那刀子上有这个嫌疑人的指纹吗？"

技术员摇了摇头："没有，水果刀上只有死者郭帅的指纹，遗存时间也比较新。此外，那刀子上也没有鲁米诺反应。"

莫轻烟推测："凶手和郭帅发生冲突，郭帅拿起水果刀吓唬凶手，凶手先发制人，用财神铜像杀死了郭帅。"

王凡点了点头："可能性很大。"

这时负责调查监控录像的沈鸽快步走进了会议室："莫姐，有新发现！凌晨三点多时，有人从五幢七楼进入电梯，走出五幢，最后离开了小区。"

"这么晚外出？而且还是从郭帅所住的那一层进入电梯的……"

众人都明白王凡这句话的意思：这个人极有可能就是杀死郭帅的凶手。

"把那段录像拷贝过来，大家一起看看。"莫轻烟吩咐。

沈鸽把相关录像拷贝到会议室的电脑上，打开视频，只见画面显示：在12月2日（即今天）凌晨三点三十一分，有一个人从五幢七楼进入电梯。这个人穿着一件带帽子的外套和一条牛仔裤，进入电梯时不仅戴上了帽子，还低着头，使人无法看清他的面容。他进入电梯后，按下了前往一楼的按键。

大家继续查看小区内其他监控摄像头所拍下的录像，发现这个人走出五幢后，匆匆从小区的大门走出了小区，当时是凌晨三点三十五分。

　　看完视频，莫轻烟说道："如果这个人是杀死郭帅的凶手，他在十二点前杀了人，为什么要留在凶案现场三个多小时才离开？"

　　王凡想了想："他也不一定是留在凶案现场。"

　　"什么意思？"

　　"今早你们走访住户的时候，同一层的 701 房不是没人吗？"

　　莫轻烟恍然大悟，立即拨打董靖的手机："小董，在哪？"

　　"还在左岸上筑，正在走访五幢的居民。"

　　"你向他们了解一下五幢 701 房的住户的背景，我现在过来。"

　　她挂掉电话，正要走出会议室，王凡说："小莫，我和你一起去吧。"

　　王凡不仅是法医，还是 L 市公安局的特聘刑侦专家，近十年 L 市内发生的多宗大案，他都参与了侦破工作。

第四章　疑犯

莫轻烟和王凡再次来到左岸上筑，在保安室跟董靖会合。

"咦，王主任？"保安室里一名保安认得王凡。

莫轻烟记起来了，对王凡说："对了，你好像也是住在这个小区的。"

"是的，三幢。"

莫轻烟"嗯"了一声，接着问董靖："怎么样？查到了吗？"

董靖点了点头："五幢701房只有一名住户，名叫杨一健，三十八岁。就在一个多月前，他跟郭帅在小区的大门口吵了一架，差点儿还大打出手，原因是他怀疑他老婆和郭帅偷情。"

刚才认出了王凡的那个保安接话："对啊！当时我也在，还听到杨先生大声说迟早要干掉郭法官呢！"

莫轻烟两眼一亮，打电话给沈鸽："你把拍到嫌疑人在三点多进入电梯的那段监控录像发到我手机上来。"

收到视频后，莫轻烟指着视频中的戴帽男子向保安们问道："你们认得这身衣服吗？"

保安们都说不认得，毕竟每天出入小区的住户那么多，保安哪会特别记住某一个住户穿什么衣服？

莫轻烟又问："昨天五幢 701 房的住户是什么时候回来的？"

另一名保安答道："好像是傍晚，六点左右吧。唔，你可以查看一下当时的监控录像。"

"此后他有离开小区吗？"

"好像没有吧，没怎么留意。"

莫轻烟想了想，把戴帽男子进入电梯的视频发到了董靖的手机上："小董，你留在这里查看五幢那部电梯最近一个月的监控录像，重点看看杨一健每次出入小区时，有没有穿过这件衣服。有发现打给我。王主任，我们上去看看。"

莫轻烟和王凡重返五幢七楼。702 房还处于封锁状态，等待侦查员进一步复查。两人来到 701 房的大门前，莫轻烟按下门铃，但久久没有人来开门。

莫轻烟来到 701 房旁边的 703 房，对里面的住户说："我是警察，我要借用一下你家的窗户。"

"小莫，你要干吗？"王凡问。

"从窗户进入 701 房。"

"这不太合规矩吧？"

"有什么事我负责。"

没等王凡答话，她已快步走进 703 房，从离 701 房最近的那扇窗户爬了出去，接着通过 701 房的窗户跳进了屋内。

王凡摇头苦笑。局里的人都知道莫轻烟做事雷厉风行，不顾后果。

之后莫轻烟把 701 房的大门打开，让王凡进来。两人简单地搜查了一下，发现屋内确实没人，但在大厅的沙发上发现了一个空的啤酒瓶，和在郭帅家玄关处找到的酒瓶是一样的。

两人对望一眼，王凡说："找找卧房的抽屉，看看证件和现金在不在。"

果然，没有找到杨一健的证件，而且抽屉内没有任何现金。

"事情很明显了，这个杨一健具有重大作案嫌疑。"莫轻烟尝试还原案发经过，"昨晚杨一健独自在家喝酒，喝完一瓶，把瓶子扔在沙发上，接着又开了一瓶，一边喝一边想起自己的老婆和郭帅偷情的事，越想越气，乘着酒意，想去找郭帅生事。他拿着还没喝完的小半瓶啤酒来到郭帅家，按下门铃。郭帅开门后，杨一健走进他家，把啤酒瓶扔在玄关旁，之后和郭帅发生争执。郭帅拿起水果刀想要吓唬杨一健，杨一健就先下手为强，拿起那财神铜像杀死了郭帅。之后杨一健回到家中，换了一件带帽子的衣服，带上了证件和现金，逃离小区。"

"假设凶手真的是杨一健，他在十二点前杀死了郭帅，为什么要等到三点多才潜逃呢？"王凡提出了疑问。

莫轻烟思考了一下："他本来没想过要潜逃吧，回家后一直在思考怎么处理郭帅的尸体，后来始终觉得没有信心逃过警方的调查，这才决定潜逃。"

"这也说得通。"

这是董靖来电："莫姐，找到了，那件带帽子的衣服确实是杨一健的，他在三周前穿过。"

挂掉电话后，莫轻烟立即打电话回公安局："马上叫物证鉴定中心派人过来，到五幢701房提取指纹，顺便收集一下屋里的毛发和皮屑。"

杨一健的家里，自然留下了杨一健的各种生活痕迹。

第五章　指纹

接下来，王凡先独自回公安局，复查郭帅的尸体，莫轻烟和董靖则去找杨一健的前妻了解情况。原来，杨一健和妻子以及七岁大的女儿，本来都住在左岸上筑五幢701房，一个多月前，杨一健怀疑妻子出轨，虽然始终没有证据，但最后还是和妻子离婚了。离婚后妻子带着女儿搬回了娘家。

杨一健的前妻还告诉他们，杨一健在半年前曾被抓进派出所，原因是警方怀疑他在酒吧里贩毒，但最后因为没有证据而把他释放了。

从杨一健前妻家出来时，已经是晚上七点多了。两人到附近的快餐店吃过晚饭，莫轻烟说："杨一健曾被抓进派出所，肯定留了指纹备案，你到派出所去把他的指纹资料拿过来，和凶器上的指纹比对一下。"

董靖不解："莫姐，物证鉴定中心的人不是到杨一健家提取指纹去了吗？我们再到派出所拿杨一健的指纹，不是多此一举吗？"

"如果在杨一健家提取到的指纹不是杨一健的呢？"

"什么意思？"

"我的意思是，假设凶手不是杨一健，他在凶器上留下了指纹，之后他到杨一健家把屋里留下的杨一健的指纹全部擦掉，然后留下自己的指纹，这样一来我们所提取到的指纹，就跟凶器上的指纹一致了。"莫轻烟处事谨慎。

"莫姐英明！"

莫轻烟"哼"了一声："少拍马屁！快去办，我先回局里。"

她回到公安局不久，董靖也来到半年前逮捕杨一健的派出所，让他们把杨一健的指纹备案发送给局里的物证鉴定中心。

不一会儿，物证鉴定中心的一位技术员来到刑警支队的办公室找到莫轻烟："莫姐，派出所发过来的指纹，和我们在杨一健家里采集到的指纹完全一致。"

莫轻烟吸了口气："那么，在凶器上的指纹呢？"

"一致！郭帅家门铃、大门内外侧、玄关处的啤酒瓶，以及凶器上所提取的指纹，都和杨一健的指纹完全吻合！此外，从那啤酒瓶上的唾沫所提取出来的 DNA，和我们在杨一健家采集到的毛发中的 DNA 也完全一致！"

刚好这时董靖回来了。莫轻烟立即吩咐："小董，马上去申请发布通缉令，追捕杨一健归案！"

可是，转眼半个月过去了，警方仍然没有发现杨一健的行踪。

莫轻烟认为，他早已逃离 L 市了。

第六章　侦探

这天晚上，莫轻烟来到慕容思炫的出租屋找他。

"案子？"慕容思炫淡淡地问。

"是的，我想你帮忙推理一下某个通缉犯的行踪。"

莫轻烟把郭帅被杀一案的大概情况告诉了思炫。

思炫听完以后问道："杨一健家里，只有一个空酒瓶？"

"是的。怎么了？"

"他只是喝了两瓶啤酒，还没到醉酒的地步吧？'酒后找郭帅生事'的说法有些牵强。"

"可能他本来就打算去找郭帅算账，跟有没喝酒无关。"

思炫不置可否，又问："杨一健家的冰箱里还有其他啤酒吗？"

"好像没有。问这个干吗？"

"如果郭帅家和杨一健家都只是伪造现场，那么设局者只丢下两个酒瓶的原因就是，杨一健家只有两瓶啤酒了。"

"设局？"莫轻烟秀眉一蹙，"你为什么会怀疑有人设局？"

"如果凶手是杨一健，他在十二点前就杀死了郭帅，为什么要到凌晨三点多才逃跑？这几个小时他在家里干什么？"

"这个问题我之前和局里的人讨论过了，他回家思考怎么处理郭帅的尸体，后来确实想不到办法，只好潜逃。"

思炫打了个哈欠："我要看一下凌晨三点多时杨一健进入电梯的监控录像。"

"走吧！"

莫轻烟带着思炫回到公安局的时候，已经是晚上九点多了。

看完杨一健进出电梯及离开小区的监控后，思炫问道："有这部电梯最近的监控吗？"

"有，案发前一个月的录像我们都拿回来了。"董靖为了确认监控中那件带帽子的衣服是否为杨一健的物品，曾查看过五幢电梯案发前一个月的监控录像，后来还把相关录像拷贝了一份，带回了局里。

思炫重点看了这一个月杨一健进出电梯的监控。看完以后他又对莫轻烟说："凶器和酒瓶上提取到的指纹也让我看看。"

莫轻烟带着思炫来到物证鉴定中心。思炫看过凶器以及从凶器上提取出来的指纹后，向值班技术员问道："凶器和酒瓶上的指纹，有留下汗液和油脂吗？"

"有啊。"

思炫"哦"了一声，转头对莫轻烟说："这么看来，凶手并非泛泛之辈。"

"什么？"

思炫一字一顿地说："杨一健不是凶手。"

"为什么？"莫轻烟有些惊讶，"仅仅因为他只喝了两瓶啤酒就去找郭帅这一点，还是因为他杀人后在家里待了几个小时才逃离？"

"案发前的一个月内，杨一健进出五幢的那部电梯共五十四次，每一次他都是用食指的近端指间关节来敲击电梯按键的，由此可见这是他的一个习惯动作，不会轻易改变。可是在案发当天凌晨三点三十一分从七楼进入电梯的那个人，虽然穿着杨一健的衣服，却是用拇指去按下一楼的按键的。这个嫌疑人，并非杨一健。"

"这……"莫轻烟瞠目结舌。

"我估计此时杨一健早就凶多吉少了。不过，凶手在把杨一健的指纹印到凶器、酒瓶等物品上时，还没杀死他，只是使他昏迷，因为，如果当时杨一健已经死了，那么手指上的毛孔就不会分泌汗液和油脂。可见这个凶手心思缜密，而且具备一定的反侦查技巧。"

莫轻烟背脊发凉："连这些细节也考虑到了呀……"

"不过，"思炫话锋一转，"在指纹问题上，这个凶手终究百密一疏。"

"怎么说？"

"我们重演一下吧：你是凶手，我是郭帅，现在你拿起凶器来杀我。"

莫轻烟十分入戏，猛地抓起桌上的财神铜像，以迅雷不及掩耳之势往思炫的头上狠狠地砸去。思炫侧身避开了，接着让技术员提取莫轻烟刚才留在铜像上的指纹。

提取完毕，思炫把铜像上的指纹擦干净，又对莫轻烟说："现在你是已经昏迷的杨一健，我则是凶手。"

莫轻烟点了点头，躺在地上，一动不动。思炫戴上手套，拿起铜像，蹲下身子，抓起莫轻烟那完全放松的手，把她的指纹印在铜像上。

技术员把这组指纹也提取出来后，思炫说："你们对比一下刚才提取的两组指纹。"

技术员发现了其中的蹊跷："第一组拇指的指纹左边比较清晰，其余四指的指纹右边比较清晰；第二组每根手指的指纹的清晰度都比较均匀。"

思炫点了点头："一个人自己紧抓铜像，手指用力的程度是不均匀的；但如果抓起一个昏迷的人的手在铜像上印上指纹，清晰度则比较均匀。"

莫轻烟马上拿起当时在凶器上提取到的杨一健的指纹一看，竟然和第二组指纹情况一样！

"明白了吧？"思炫面无表情地说，"杨一健是在昏迷的状态下在凶器上留下指纹的，凶手并不是杨一健。"

"那我们现在要干什么？"莫轻烟回过神来后问道。

"凌晨三点三十一分进入电梯的那个人，应该是杀死郭帅的凶手。那么，真正的杨一健在哪里呢？我认为，凶手已经把杨一健或杨一健的尸体转移到小区外了。现在的问题是，凶手是怎样带着杨一健离开小区的？"

莫轻烟想了想："左岸上筑有地下停车场，凶手可以把杨一健的尸体放到车尾箱，开车运出去。对！我们明天就去查看一下那个停车场的监控录像！"

第七章 身高

次日一大早，莫轻烟、董靖和慕容思炫三人来到左岸上筑，到保安室向保安们了解这个小区的地下停车场的情况。得知这个停车场只在几个重要的位置以及出入口的电子栏杆上安装了摄像头，存在大量拍摄死角。

"如果凶手的车是停在拍摄范围之外，那么凶手就可以把尸体搬到汽车尾箱里了。"思炫说。

"我们到停车场去看看吧？"莫轻烟说。

思炫却说："先到郭帅家和杨一健家看看。"

三人走出保安室，正要走向五幢，忽然看到不远处一个人朝小区大门方向走去，原来是法医王凡。

"王主任，"莫轻烟跟王凡打招呼，"今天休息？"

"嗯。你们怎么又来了？"王凡认得慕容思炫——曾经协助L市警方侦破过许多奇案的男青年。但他跟思炫只是点头之交。

莫轻烟把思炫那"杨一健并非凶手"的推论告诉了王凡。

"我确实也没有细看过在凶器上提取的指纹。"王凡微微吸了口气，"我也加入调查吧。"

四人来到五幢，走进电梯。最后进来的莫轻烟按下关门键后，思炫从口袋里掏出一把卷尺，对电梯的按键测量起来。

"你在量什么？"董靖好奇地问。

"监控拍到，凶手的身高和电梯内'九楼'的按键的高度相近。"思炫说到这里已经测量完毕了，"一米七一左右。"

"杨一健多高？"莫轻烟问董靖。

"好像是一米六几。"

"看来凶手真的不是他。"

电梯来到七楼，思炫先后搜查了郭帅的家和杨一健的家。等他搜查完毕，莫轻烟问："有发现吗？"

"没有。"

"连你也没有发现？"莫轻烟有些惊讶。以往，任何线索都逃不过思炫的眼睛。

思炫淡淡地说："一来，案发到现在已经半个月了，很多线索都已随着时间的过去而消失了。二来，凶手的反侦查能力比我预计的还要强一些，他几乎消除了一切可能暴露自己身份的证据。"

"那我们接下来要干什么？"莫轻烟问。

"先回公安局。"

"不去看看地下停车场？"

"没必要。"思炫一脸木然地说。

四人从七楼走进电梯，最后进来的王凡按下了一楼的按键。在电梯下降的过程中，思炫忽然问他："你身高多少？"

王凡微微一怔："一米七二。怎么了？"

思炫却没有回答。

告别王凡后，莫轻烟、董靖和思炫回到车上。一上车，思炫就说："我怀疑杀死郭帅的凶手，是王凡。"

第八章　初战

今天雍乌休息。一大早，他想到楼下的快餐店吃个早餐，在接近小区大门时，却看到莫轻烟和董靖从保安室走出来。

和他俩在一起的还有一个二十来岁的男青年。雍乌认得他，他名叫慕容思炫，曾经协助L市警方侦破过许多奇案。但雍乌没有跟他合作过。作为L市公安局特聘刑侦专家的雍乌，每次出手都能顺利解决案件，根本不需要别人来帮忙。

雍乌本以为这个慕容思炫只是一个头脑不错、擅长侦查和推理的无业男青年而已，直到一个多月前才发现，这个慕容思炫来到L市，竟然是为了追捕自己！

雍乌是一名通缉犯。十八年前，他为了躲避B市警方的追捕，逃亡到L市，隐姓埋名。雍乌认为对于一个通缉犯来说，公安局反而是最安全的藏身之所，于是他做了整容手术，并且给自己伪造了一个身份，用"王凡"这个假名，进入L市公安局当法医。

正因为他整容了，所以慕容思炫并没有认出他。

"王主任，今天休息？"莫轻烟也看到了雍乌。

"嗯。你们怎么又来了？"

得知莫轻烟三人的来意后，雍乌心中一惊："这个慕容思炫果然并非等闲之辈呀。好，我就去看看你能在我处理过的现场里找到什么线索。"

"我也加入调查吧。"

慕容思炫并没有在 701 房和 702 房找到任何线索。雍乌心里有些得意。

但在乘坐电梯下楼的时候，慕容思炫却突然问雍乌："你身高多少？"

他似乎开始怀疑雍乌就是杀死郭帅的凶手了。

到底是哪儿露出了破绽呢？雍乌也想不通。

第九章　怀疑

听到慕容思炫说怀疑王凡是凶手，莫轻烟和董靖都大吃一惊。

"慕容思炫，你疯了吗？"董靖叫道，"你知道王主任是谁吗？主任法医师，特聘刑侦专家。他会是凶手？"

莫轻烟则问："为什么怀疑他？"

思炫漫不经心地答道："一、他也住在左岸上筑；二、他的身高和案发当天凌晨假扮杨一健进入电梯的凶手的身高一致；三、刚才我们下楼的时候，是他按下一楼的按键的，他是用拇指按的，和监控中的凶手一样。"

董靖不以为然："这也太牵强了吧？这个小区内的住户，肯定还有不少人同时满足这三个条件！"

莫轻烟也不太认同思炫的看法："而且，目前并没有证据表明凶手是住在这个小区的。"

思炫没有进一步解释，只是冷冷地说："再到保安室走一遭。"

三人再次来到保安室。经过了解，王凡是住在三幢406房的。思炫要求查看三幢那部电梯最近一个月的监控录像，当然，他主要是要看王凡进出电梯的监控。

看了一会儿，莫轻烟说："王主任每次进入电梯后，确实都是用拇指按键的，可是这并不能说明什么吧？用拇指按键的人多的是。"

"用拇指按键确实并非小概率事件，但进入电梯按下要前往的楼层的按键后，不按关门键，却是极少数人的习惯。"思炫说。

"什么？"

"不是吗？大部分人按下自己要前往的楼层的按键后，紧接着便会再按下关门键。可是，王凡每次按下楼层按键后，却没有接着按关门键，而是等电梯自动关门。刚才从五幢七楼下来的时候是这样，监控中所拍到他进出电梯的情景也是这样，每次都是。"

莫轻烟总算明白思炫为什么会怀疑王凡了："案发当天穿着杨一健衣服进入电梯的凶手，在按下一楼的按键后，也没有再去按关门键！"

思炫点了点头："所以，王凡有可能就是监控中伪装成杨一健的那个人，即杀死郭帅的凶手。"

"可能性很大？"莫轻烟问。

思炫综合各种因素在心中计算了一下，说道："就目前掌握的线索，百分之二十左右。"

他的大脑就像一台精密的机器，只要输入各种数据，就能得出计算结果。

"我们可以查看一下五幢的电梯内'一楼'按键上是否有王主任半个月前的指纹。"莫轻烟说。

"你可以叫人去查一下，不过我估计当时凶手戴着手套，没有留下指纹。"思炫说。

"监控拍到的凶手好像没有戴手套呀。"董靖说。

"应该是一种超薄的透明手套。"

"那我们现在要干什么？"案情扑朔迷离，莫轻烟一下子失去了调查的方向。

"查看案发当天三幢电梯的监控录像，看看王凡那天是几点回家的，之后还有没有外出。"

莫轻烟立即调取 12 月 1 日晚上三幢电梯的监控录像：傍晚六点四十五分，王凡进入三幢的电梯，前往四楼；到了晚上十点零三分，王凡背着一个背包，从三幢四楼进入电梯，直接来到地下停车场。

莫轻烟又去调取当时地下停车场出入口的摄像头所拍

到的录像，只见王凡在晚上十点十二分开着车离开了小区。

"王凡进入电梯时，在喘着气。"思炫冷冷地说，"他是凶手的可能性上升到百分之二十三。"

"这么晚了，他要去哪呢？"董靖一脸疑惑地说。

"他好像有夜钓的习惯，等一下我打电话到交通监控中心，叫那边的人查一下当时公路上的监控吧。"莫轻烟说。

三人继续查看地下停车场的监控，在 12 月 2 日凌晨两点十七分，王凡开着车回到停车场。王凡在两点二十一分从地下停车场进入三幢电梯，回到自己所住的四楼。

"这么看来，王主任就不是凶手了呀！"莫轻烟喃喃地说。

"为什么呀，莫姐？"董靖不解。

"郭帅的死亡时间是十一点到十二点，但王主任从十点十二分开始，直到凌晨两点十七分，都在小区外，他有不在场证明。"莫轻烟解释。

思炫冷冷地说："他可以避开监控，回到小区，来到郭帅家，杀死他，再避开监控，再次离开小区。"

"避开监控？"

"地下停车场内不是存在大量拍摄死角吗？"思炫伸了个懒腰，"我现在测试一下，你们在这里看着监控。"

接下来，思炫走出保安室，离开小区，来到旁边的地下停车场入口，贴着墙壁走进停车场，成功避开了电子栏杆上的摄像头。然后，他一边寻找摄像头的位置，一边前进，最后来到郭帅和杨一健所住的五幢的楼梯口。

他从楼梯来到五幢的七楼，走到 702 房的大门前，这才拨打莫轻烟的手机："我现在已经在郭帅家门前了，你在监控中有看到我吗？"

"没有！你避开了所有监控！"

"可能性上升到百分之二十七。"思炫顿了顿，又说，"向保安了解一下王凡的停车位是否在监控范围内。我现在回来。"

当思炫回到保安室的时候，莫轻烟冲口说："他的停车位真的在监控范围外！"

"百分之三十二。"思炫冷冷地说。

莫轻烟转头吩咐董靖："小董，你现在马上到交通监控中心那边调取公路上的录像，看看王主任那晚开车离开小区后，到哪儿去了。"

"是！"

思炫接着说："把一个月内的录像都拿回来。"

"干吗呀？就拿 12 月 1 日晚上的录像不就可以了吗？"董靖嘟哝着走出了保安室。

"我们呢？去找王主任试探一下他的口风？"莫轻烟问。

"不要打草惊蛇。"思炫打了个哈欠，"再到郭帅家看看。"

"你刚才不是搜查过了吗？"

"这次要找另一样东西。"

于是两人再次来到五幢 702 房，思炫再一次进行地毯式搜索。直到中午十二点多，他才对莫轻烟说："我们走吧。"

"有发现？"

思炫没有回答，径自走出大门。莫轻烟只好紧随其后。

来到楼下，思炫才说："我在郭帅的卧房里找到了针孔摄像头。"

第十章　推理

当莫轻烟和慕容思炫回到刑警支队的时候，董靖刚好也从交通监控中心取回相关监控录像了。三人来到一个会议室，查看起录像来。

12 月 1 日晚上十点二十一分，王凡的小车进入左岸上筑附近的城东二路。

十点二十一分到十一点零一分，王凡的小车一直处于公路上的监控范围之内。

十一点零一分，王凡的小车驶进了地球村水库，离开了监控范围。

12 月 2 日凌晨一点十七分，王凡的小车驶出了地球村水库，再次进入公路的监控范围。

两点十五分，王凡的小车从城东二路拐入左岸上筑的方向，离开了公路的监控范围。

"小区地下停车场的监控拍到王主任是在凌晨两点十七分驶进停车场的，从小车离开城东二路的监控范围的位置前往左岸上筑，确实是两分钟左右的车程，时间吻合。"莫轻烟说。

"是吗?"思炫冷冷地说，"王凡是在十点十二分开车离开停车场的，如果只是两分钟的车程，为什么他会在十点二十一分才进入城东二路? 这七分钟的空白时间，他干什么去了?"

"你的意思是……"

"他是凶手的可能性上升到百分之三十九了。"

思炫说罢，又去查看 11 月 30 日晚上的监控录像。

"为什么要查看前一天的?"莫轻烟问。

"三幢的电梯拍到在 11 月 30 日晚上九点四十九分，王凡也开车离开了小区。"

果然，监控显示 11 月 30 日晚，王凡也开车到地球村水库去了，直到次日凌晨一点多才回到左岸上筑。

"也是去夜钓呀。"莫轻烟喃喃地说。

接下来思炫快速查看了一个月内的监控录像，冷冷地说:"王凡大概每三四天就到地球村水库去夜钓一次，但一个月下来，却没有连续两晚夜钓的。为什么 11 月 30 日和 12 月 1 日会连续两晚去夜钓呢?"

莫轻烟皱了皱眉:"心血来潮?"

思炫摇了摇头："百分之四十六。"

"可是，"莫轻烟说，"郭帅的死亡时间是十一点到十二点，而王主任在十一点左右已在离左岸上筑有五十多公里的地球村水库，他的不在场证明是成立的……"

"莫姐！"董靖突然激动地叫道，"我知道了！王主任进入地球村水库后，就离开监控范围了，接下来，他开着另一台早就停在水库里的车，用四十分钟左右回到左岸上筑，并在十一点四十分左右到郭帅家杀死了他！"

"是有这种可能，不过如果凶手真的是王主任，他应该不会用这种低级的诡计吧？只要我们向他的钓友询问一下，立即就能知道十一点到十二点这段时间他在不在水库呀！"莫轻烟说。

"我认为，十一点零一分到次日凌晨一点十七分，即王凡不在公路监控范围内的那段时间，他确实是在水库里。"思炫说道。

"那他怎么杀死远在左岸上筑的郭帅？"莫轻烟问。

"一目了然。"思炫咬了咬手指，"郭帅是在水库里被杀死的。"

"什么？"董靖叫了出来。莫轻烟也一脸惊讶。

思炫接着说："王凡开车离开左岸上筑前往地球村水库的时候，郭帅就在他的小车尾箱里。当然，他处于昏迷状态。来到水库后，王凡和钓友一起钓鱼，获取不在场证明。中途他说上厕所，到小车处杀死郭帅，然后再回去会合钓友，继续钓鱼。"

莫轻烟快速回忆了一下相关情况，说道："不对呀，三幢电梯的监控拍到王主任在十点零三分从四楼进入电梯，直接来到地下停车场。当时王主任身上只有一个背包。他不可能把郭帅的尸体带到自己的小车尾箱呀！"

"王凡可以先从他所住的三幢的楼梯来到地下停车场，避开监控，前往五幢的楼梯口，经过楼梯来到五幢七楼，袭击郭帅，使他昏迷，用特大号的行李箱把他带走，通过楼梯回到地下停车场，再次避开监控，把行李箱带回自己的小车尾箱——他的停车位在监控范围外，然后回到三幢的楼梯口，通过楼梯回到四楼，当时是十点零三分，最后他从四楼进入电梯，再次来到地下停车场。"思炫的推理一气呵成。

"有可能！"董靖两手一拍，大声说道。

但莫轻烟却摇了摇头："慕容，我忘了跟你说了，五幢的电梯监控显示，那晚郭帅是在九点四十七分从一楼进入电梯，前往七楼的。郭帅在九点四十七分到家，而王主任在十点零三分就从三幢的四楼进入电梯。

"如果你的假设成立，就是说王主任要在十六分钟内，从三幢通过地下停车场来到五幢，掳走郭帅，把郭帅放到汽车尾箱，再回到三幢。这应该是不可能完成的任务吧？"

她顿了顿，接着肯定地说："所以，王主任在十点零三分进入三幢的电梯时，郭帅还在自己家里，哪怕不是，至少不可能在王凡的汽车尾箱中。"

"十六分钟，是有些勉强，王凡是凶手的可能性下降为百分之四十一。不过，"思炫突然话锋一转，"如果郭帅是自己离开左岸上筑的呢？"

"自己离开？监控没拍到呀！"莫轻烟说。

"他通过五幢的楼梯来到地下停车场，避开监控，离开小区。"

"他为什么要避开监控呀？"

"这个问题我们回头再深究，现在先以这个为前提，还原案发经过。"

思炫稍微顿了顿，便有条不紊地展开了推理：

"12月1日晚上九点四十七分，郭帅回到五幢702房，之后换了一身衣服，又准备外出。当时王凡在家，此前他在郭帅家的卧房里安装了针孔摄像头，这时通过监控得知郭帅又准备外出，于是开始行动。这便是他连续两晚夜钓的原因——12月1日那次夜钓只是为了杀死郭帅。

"王凡快速从三幢的楼梯来到地下停车场，避开监控，前往五幢的楼梯口，通过楼梯来到五幢七楼。

"如果我是王凡，当时我会在郭帅家门前放几枚贴上了双面胶的微型定位追踪器，我估计王凡也这么做了。之后，王凡就到八楼躲起来。

"接下来郭帅走出家门——踩到了其中一枚追踪器，通过五幢的楼梯来到地下停车场，避开监控，离开小区。

"再说王凡，在郭帅离家后，他立即回到七楼，进入了郭帅的家——他早就配了一把郭帅家的大门钥匙，取走郭帅家里的那个财神铜像，并且放到自己的背包里。

"之后，王凡通过五幢的楼梯来到地下停车场，再一次避开监控，回到三幢的楼梯口，通过楼梯回到四楼。当时是十点零三分。

"以上这些事，王凡绝对可以在十六分钟内完成，只是每次上下楼梯的时候，需要快步甚至跑步。所以三幢电梯的监控拍到王凡在十点零三分进入电梯时，正在喘气。"

思炫的推理把所有相关的线索都串联起来了。莫轻烟和董靖都听得入了神。

"十点十二分，王凡开车离开了停车场，当时汽车尾箱里没有人。同一时间，郭帅已在小区外，但还在附近——一个没有监控摄像头的地方。于是王凡利用定位追踪器找到郭帅，使用沾有迷药的手帕使他昏迷，并且把他放到汽车尾箱中。因为要掳走郭帅，所以王凡的小车在九分钟后的十点二十一分才进入有监控的城东二路。

"到达水库并开始夜钓后，正如我刚才的推理那样，王凡借口上厕所，到停放小车的地方，用背包里的财神铜像杀死了郭帅。所以郭帅的死亡时间在十一点到十二点之间。他利用自己多年来的夜钓习惯，为自己设计了一个不在场证明。

"凌晨两点十七分，王凡载着郭帅的尸体回到左岸上筑的地下停车场。两点二十一分，他又从地下停车场进入三幢的电梯，回到自己所住的四楼，让我们以为他回家了。接下来，他的全部举动，都在监控范围之外。

"首先，王凡从楼梯重返地下停车场，避开监控，来到自己的小车前。此前王凡在车尾箱放了一个特大号的行李箱。此时，他把郭帅的尸体放进行李箱中，拖着行李箱来到五幢的楼梯口。

"接下来，王凡要通过楼梯把装着郭帅尸体的行李箱从负一层搬到七楼，这对于一般人来说是一项非常耗费体力的工作，但王凡的身体十分健壮，我相信他完全可以办到。

"来到七楼后，王凡把郭帅的尸体搬进郭帅家。当然，他戴着手套、穿着鞋套，没有在郭帅家留下自己的指纹和脚印。

"接下来他来到 701 房门前。杨一健家的大门装着密码锁。此前王凡已通过某种方法得知密码。潜入杨一健家后，王凡用电击棒之类的武器使杨一健昏迷，接着在两瓶啤酒和那个财神铜像上印上了杨一健的指纹，并且把财神铜像扔在郭帅的尸体旁。

"因为财神铜像本来就是郭帅家的物品，以此作为凶器，会让警方先入为主地认为郭帅是在自己家里被杀的。这样一来，在案发时间段，远在地球村水库的王凡就具备不在场证明了。

"再说当时，王凡抱起杨一健来到门外，在郭帅家的门铃以及大门的内外门把手上都印上了杨一健的指纹。

"最后，他杀死杨一健，把杨一健的尸体放进那个特大号的行李箱中，并且把行李箱带回自己小车的尾箱，准备次日运走。

"三点三十一分时，王凡就穿上杨一健的衣裤，假装杨一健，从五幢七楼进入电梯，离开小区。当然，接下来他会从地下停车场回来。"

思炫说到这里清了清嗓子，接着推理。

"两点二十一分到三点三十一分这一小时十分钟的时间，要完成以上这些事，或许有些勉强。所以王凡的执行顺序也可能是这样的：把郭帅的尸体带回702房，潜入701房袭击杨一健，假装杨一健进入电梯、离开小区——当时是三点三十一分，通过停车场重返五幢七楼，伪造现场，杀死杨一健，最后用行李箱把杨一健的尸体带到自己的小车车尾箱。"

思炫推理完毕，莫轻烟回过神来："我只有一个问题：郭帅为什么要避开监控离开小区？"

"我刚才重返郭帅家，就是为了寻找这个问题的答案。如果可以找到答案，王凡是凶手的可能性将上升到百分之五十五。可惜，相关物品已经被王凡——假设他就是凶手——处理掉了。当然，也有收获——找到了针孔摄像头。不过，王凡通过摄像头也知道我们重返郭帅家搜查这件事。他已经知道我在怀疑他了。"

思炫顿了顿，向莫轻烟看了一眼，一字一字地说："接下来，就是正面对决了。"

第十一章　动机

雍乌回到家后，立即去查看此前安装在郭帅卧房的针孔摄像头传来的录像。

他发现慕容思炫和莫轻烟竟然重返五幢 702 房，再一次进行地毯式搜索。

雍乌知道，慕容思炫是在寻找案发当天，郭帅避开监控离开小区的原因。

郭帅为什么要避开监控呢？雍乌自然知道答案。

雍乌和郭帅，一个是物证鉴定中心的主任法医师、公安局特聘刑侦专家，一个是法院的高级法官，两人偶尔会有工作上的交集，刚好又住在同一个小区，虽然不熟，却也是点头之交。

雍乌偶然发现有一些政府高官经常出入郭帅家，怀疑郭帅有不法行为，于是潜入郭帅家，在他的卧房里安装了针孔摄像头和窃听器。果然，他不仅查到郭帅有贪污、受贿、诈骗行为，还发现郭帅每隔一段时间就会戴上帽子和口罩、换上长款外套外出。

有一次雍乌在监控中看到郭帅戴上帽子、穿上外套离开，他暗自跟踪，发现郭帅来到地下停车场，避开监控摄像头，走出小区。当时雍乌就知道郭帅外出必定是要去干一些见不得人的勾当了。只是他万万没有想到，郭帅竟如此人面兽心，到附近一家酒吧的后巷找到一个醉酒的女性，用迷药使她昏迷后对她迷奸。看着郭帅那熟练的样子，雍乌就知道他肯定是个惯犯。

即使搜集到足够的证据举报郭帅，郭帅也能利用自己的关系把这件事摆平。一个贪污、受贿、诈骗，而且还到处迷奸女性的败类，是死不足惜的。雍乌决定杀死郭帅，为民除害。

当然，他还要寻找一个替罪羔羊。一番调查后，他认为郭帅的邻居杨一健是比较合适的人选。一来，杨一健具备杀害郭帅的动机——他的妻子似乎跟郭帅有染；二来，这个杨一健经常在酒吧里向青少年出售毒品，害人无数。

"虽然他贩毒，但那些人可是自愿跟他买毒品的呀，这个杨一健或许罪不至死呀。"这是雍乌在整个计划中唯一犹豫的地方。

但他还是行动了。

12月1日晚上，雍乌通过针孔摄像头看到郭帅又准备外出作案，他终于要执行筹划良久的杀死郭帅的计划了。虽然今晚对于雍乌来说并非最佳的作案时机，因为他昨晚才到地球村水库夜钓，连续两晚夜钓，日后或许会被怀疑，但他不想再增加一名受害女性了，所以最终还是决定动手。

再次去时，他把郭帅家里跟迷奸案有关的物品全部处理掉了。这样警方就查不出郭帅被杀的真正理由了。

慕容思炫也没在郭帅家找到案发当晚郭帅避开监控离开小区的理由。但是，他却找到了郭帅卧房的那个针孔摄像头。

虽然慕容思炫只是朝那摄像头瞥了一眼，但雍乌知道，他一定是发现了。

"明天，终于要跟这个慕容思炫正面对决了。就让我看看他们培养出来的继承者，实力到底怎样吧。"雍乌心里竟有些期待。

第十二章　交手

次日上午，雍乌来到地下停车场，想要开车回公安局，却看到一个戴着帽子和口罩的男子站在自己的小车旁。

"王主任，早呀。"男子向雍乌打招呼。听他的声音，年纪应该不大。

"请问你是……?"雍乌问道。

"我是一名私家侦探。"男子边说边向雍乌递上名片。

雍乌接过一看：邦德私家侦探社，罗舒元总经理。

"有什么事吗?"雍乌向这个名叫罗舒元的男子问。

罗舒元笑了笑："王主任，我就不跟你拐弯抹角了。大概在三个月前，一位名叫杨一健的客户委托我调查他的老婆和邻居郭帅是否存在偷情行为。为了方便调查，我潜入了郭帅的家，在大厅和卧房都安装了针孔摄像头，但一直没有收获。后来杨一健还是和他老婆离婚了。而我因为急着出国办事，暂时没去拆掉郭帅家的摄像头。昨天我回到L市，查看了一下郭帅家的监控录像，竟然发现在12月2日那天凌晨，你把郭帅的尸体带回了他家，嘿嘿！"

雍乌心中有些吃惊，但脸上不动声色。

罗舒元向雍乌看了一眼，接着说："我直接开价吧，三十万封口费，事后我会彻底删除那段视频，绝不留底。"

雍乌的大脑在快速思考："这个人不是私家侦探，而是慕容思炫找来试探我的。如果我说'我不知道你在说什么'或'你找错人了'，就显得做贼心虚了。慕容思炫这样试探我有什么意义呢？他见识过我伪造的现场，知道我的能力，他明知道我是不会犯这种低级错误的呀。"

心念电转的同时，只听他说道："视频给我看看。"

罗舒元拿出一张照片："这是视频的截图。"

雍乌接过一看，照片的背景是郭帅家的大厅，一个衣衫不整的肥胖男人横躺在茶几旁边——看样子确实有些像郭帅，他的身前还站着一个穿着灰色衣服还背着背包的男子。雍乌认得，那男子身上的灰衣的确有些像自己去杀郭帅时所穿的衣服，而那背包也和自己那晚带去的背包是同款。

"慕容思炫看过电梯的监控，知道我那晚去夜钓穿什么衣服、带什么背包，可以模仿。"

雍乌想到这里，问道："三十万对吧？"

"是！"

"跟我上车吧，我带你去拿钱。"

罗舒元犹豫了一下，还是跟着雍乌上了车。

雍乌却把车开进了公安局。

"王主任，"罗舒元咽了口唾沫，有些不安地问，"你的钱放在单位？"

雍乌把车停好，看了罗舒元一眼："跟我来吧。"

他带着罗舒元来到了刑警支队，找到了莫轻烟："小莫，这位罗先生说拍到了杀死了郭帅的凶手，你验证一下视频的真实性吧。"

没等莫轻烟答话，他又转头对罗舒元淡淡地说："罗先生，你那段视频中的凶手不是我，如果视频是真的，你应该提供给警方。"

"这……"罗舒元只好把手机交给莫轻烟。

而雍乌也回到了自己的办公室。

"慕容思炫伪造这段视频的目的是什么呢？对了，稍后他会叫我一起研究这段视频，会试图让我在研究的过程中露出破绽。"

雍乌想到这里，轻轻吸了口气，闭上眼睛，把那天凌晨处理郭帅尸体的过程从头到尾地回忆了一遍。这样的话，等一下就能快速判断那段视频的真伪了。

"在想什么?"前方突然传来慕容思炫的声音。

雍乌吓了一跳,他强迫自己立即冷静下来,缓缓地睁开眼睛,只见慕容思炫果然站在自己面前。和他一起来的还有莫轻烟。

"找我有事?"雍乌淡淡地问,"是关于罗舒元提供的那段视频的吗?"

莫轻烟点了点头:"王主任,我们想请你一起去研究一下那段视频。"

"走吧。"

雍乌随莫轻烟和慕容思炫来到会议室。这里空无一人。

"其他人呢?"雍乌所指的是郭帅被杀一案的核心调查人员。

"我们先看看。"

莫轻烟一边说一边打开电视,播放罗舒元提供的那段视频:背景是郭帅家的大厅。12月2日凌晨两点五十四分,一个身穿灰色衣服、背上背着背包的男子,抱着一个身材臃肿的男人从大门走进来。灰衣男子形似雍乌,被他抱着的肥胖男人则形似郭帅。接下来,只见灰衣男子把肥胖男人放在茶几旁边。

这时,雍乌朝视频中的灰衣男子的双脚瞥了一眼,只见他穿着一双蓝色的鞋套。

"假的。"雍乌心想。他清楚地记得,那晚自己所穿的鞋套是透明的。

同一时间，慕容思炫把视频暂停，冷冷地问："王凡，你在看什么？凶手的鞋套？"他一直在盯着雍乌的眼睛。

"对呀。"雍乌说实话。如非必要，他不会撒谎，这样能大大减少出现破绽的机会。

"看到这里，你觉得有什么问题吗？"慕容思炫接着问。

雍乌皱了皱眉，心想："如果我回答'没什么问题'那就会引起他的怀疑了，我应该回答：'第一凶案现场不是郭帅家？'是的，我目前应该还停留在'郭帅是在家里被杀的'这个阶段。"

但最后雍乌也没有这样回答，而是说："先看完再说，你继续播吧。"

他是这样想的："作为旁观者，我当然要看完整段视频再分析，此时根本不须急着表明观点。如果我急着表明自己不知道哪些情况，反而不自然。"

思炫"哦"了一声，继续播放视频：灰衣男子把尸体放下后，便走出了郭帅家。

雍乌看到这里，更加确定这段视频是伪造的了。因为当时雍乌把郭帅的尸体放下后，还站在尸体前呆立了好几分钟，最后还对着尸体说："早知如此，何必当初呢？"

"慕容思炫伪造这段视频的目的到底是什么呢？明知道我很快就会识破呀。是要我对假视频进行分析吗？"

他正在思考，思炫再次把视频暂停："先说说目前有什么问题吧。"

雍乌吸了口气："如果这段视频是真的，那么，第一凶案现场就不是郭帅家了。不过，这还不是最重要的问题，重点是，为什么视频中的凶手这么像我。"

"我也觉得很奇怪。"莫轻烟说，"是有人要陷害王主任你？"

雍乌想了想："有两种可能性：一、凶手长得很像我；二、这段视频是那罗舒元伪造的，目的是嫁祸于我。"

"你认为是哪种可能呢？"思炫接着问。

"我认为是第一种。"雍乌答道。

"为什么？"莫轻烟好奇地问。

"因为我没有杀害郭帅的动机，罗舒元自然也没有嫁祸于我的理由。也就是说，这段视频是真的，即凶手跟我的长相比较相似。继续播放吧。"

思炫却关掉了电视。

雍乌微微一怔："怎么了？"

"后面没有了。"思炫冷冷地说。

"什么意思？"

思炫瞥了雍乌一眼："这段视频是我昨天晚上伪造的，视频中的'凶手'是我扮演的，我特意化装成你的样子。而扮演'郭帅尸体'的，则是一具经过化装的真正的尸体，是在你们物证鉴定中心借来的。"

至于刚才勒索雍乌的"私家侦探"罗舒元，则是思炫的朋友扮演的。

雍乌本想问："你为什么要这么做？"话到唇边，心念电转，临时改口："你怀疑我是凶手？为什么？"

"只是怀疑。"思炫紧紧地盯着雍乌的双眼，"目前你是凶手的可能性为百分之四十一，下降了。"刚才雍乌的几次回答，确实没有露出任何破绽。

"为什么会怀疑我呢？"雍乌追问。

"这个问题不重要。现在，你以局外人的角度，分析一下王凡是杀死郭帅的凶手的可能性。不对，你直接假设王凡就是凶手，在这个基础上进行分析吧。"

第十三章　对决

"真正的对决要开始了。"雍乌心想，"我要清楚地知道哪些情况是我可以推断出来的，哪些情况是我不应该知道的。"

他吸了口气，正要说话，却被思炫打断了："你很紧张？"

雍乌没有回答，自顾自地说起来："既然视频是伪造的，也就是说，郭帅被杀的地点，最大可能还是他家。我所住的三幢的电梯……"

思炫再一次打断了雍乌的话："你现在不是王凡，你是侦查者，而王凡是凶手。"

"好吧。王凡所住的三幢的电梯监控，和郭帅所住的五幢的电梯监控，都没有拍到王凡在案发前离开三幢，前往五幢。不过，左岸上筑那地下停车场只有几个监控摄像头，存在大量拍摄死角，王凡完全可以通过三幢的楼梯来到地下停车场，避开摄像头，前往五幢的楼梯口，再通过楼梯到达七楼郭帅家。"

"如果王凡真的是凶手，那么杨一健就是他的替罪羔羊。此时杨一健应该也被王凡杀死了。王凡杀死杨一健后，可以把他的尸体带到停车场，放到自己小车的尾箱里，次日运走。唔，王凡的停车位在监控范围之外……"

思炫突然问："案发时，王凡在左岸上筑吗？"

"应该在吧。"

思炫冷冷地说："不在。当时他到地球村水库夜钓去了。"

"是吗？我想想，唔，好像是，那晚我凌晨两点多才回家，所以次日在收到郭帅秘书的报警电话前，我还在办公室里喝咖啡提神呢。"雍乌顿了顿，"监控拍到王凡是几点离开小区的？几点回来？你们应该查过吧？"

"晚上十点零三分从三幢四楼进入电梯，前往地下停车场；十点十二分开车离开小区；次日凌晨两点十七分回到小区。"

"郭帅被杀的时间是十一点到十二点之间，这么说，王凡有不在场证明了。"

"你能破解这个不在场证明吗?"思炫锐利的目光盯着雍乌。

雍乌心想:"那天开会时小莫曾告诉我们,郭帅是在晚上九点四十七分从五幢一楼进入电梯的。但这件事并非本案的重点,事隔半个月,我应该已经忘记了。"

于是他说道:"可以用我刚才说的方法,通过地下停车场来到郭帅家,袭击郭帅,使他昏迷,再把他带到停车场,放到自己的小车尾箱中。这样,王凡就可以在地球村水库杀死郭帅了。"

思炫"哦"了一声,淡淡地说: "下降到百分之三十九。"

莫轻烟提醒:"王主任,你忘了吗?监控显示,郭帅是在晚上九点四十七分进入五幢的电梯的,而你……而王凡在十六分钟后的十点零三分就进入了三幢的电梯,他没有足够的时间袭击郭帅并把他带到车尾箱。"

"嗯,如果是这样,那么,应该是郭帅自己避开监控走出小区的。王凡是在小区外袭击郭帅并且把他掳走的。补充一下,在郭帅离家后,王凡潜入他家取出财神铜像,放进自己的背包里了。"雍乌毫不避讳地说出自己作案的细节,反正这些细节慕容思炫肯定也已经推断出来了。

"郭帅为什么要避开监控离开小区?"思炫问。

这是慕容思炫目前还没掌握的情况,雍乌自然也不该知道。

"应该是去干一些见不得光的事吧。"雍乌想了想，补充道，"这或许就是王凡杀死他的动机了。"

"事实上，王凡开车离开停车场的时间是十点十二分，而他的小车进入城东二路的监控范围则是九分钟后的十点二十一分。从左岸上筑开车前往城东二路只需要两分钟。王凡有七分钟的空白时间，足够袭击郭帅并把他放进车尾箱……"

"等一下。"雍乌打断了思炫的话，"我现在需要回到王凡这个角色，为自己澄清一下。那晚我开车离开小区后，把车停在路边，然后打电话给一个钓友，问他要不要一起去钓鱼。我和他的通话持续了几分钟，挂掉电话后我才继续开车。这就是你所说的七分钟空白时间。"

当时雍乌确实打电话给钓友了，只是他是戴着蓝牙耳机的，他一边跟钓友通话，一边跟着郭帅鞋底的定位追踪器追上郭帅，并用沾有哥罗芳的手帕捂住他的嘴鼻，使他昏迷，把他放到车尾箱中。

思炫咬了咬手指，又问："当时王凡应该是用麻醉药使郭帅昏迷的。你在尸检的时候有在郭帅的尸体上检测到麻醉药成分吗？"

事实上确实是有。但雍乌隐瞒了这个情况："没有。"虽然，因为案子尚未侦破，郭帅的尸体此时还没火化，但雍乌早已清理了尸体里的哥罗芳。

"你暂时忽略'王凡在那七分钟的空白时间打电话给钓友'和'郭帅的尸体上没有麻醉药成分'这两件事，接着分析。"

"好吧。"

接下来，雍乌的分析和此前思炫的推理基本一致：王凡在水库用财神铜像杀死郭帅，载着郭帅的尸体回到左岸上筑，假装回家，随后通过地下停车场把郭帅的尸体带到五幢702房，伪造现场，最后杀死杨一健并把他的尸体带到自己的小车尾箱中。

思炫听完以后点了点头："是的，所以，王凡完全具备作案的可能性。所谓和钓友通电话，可以使用蓝牙耳机，这样就可以一边打电话一边袭击郭帅；而郭帅尸体上没有麻醉药成分这件事，则是因为作为法医的王凡在撒谎。"

雍乌摇了摇头："汽车的载重不同，轮胎的下沉量自然也不一样。你可以对比一下我的小车开出小区时和进入城东二路时，监控中轮胎的下沉量，就知道我有没有把郭帅装进车尾箱里了。"

思炫面无表情地说："我看过了，两者的轮胎下沉量确实比较接近。但你完全可以通过给轮胎充气而达到这个效果。是的，七分钟的时间，足够你袭击郭帅并把轮胎充气了。"

没等雍乌答话，他接着说："总之，假设郭帅被杀一案是一道方程，凶手为 x，把王凡代入 x，则等式成立。"

雍乌苦笑："但你无法证明这道方程只有唯一解呀。或许有无数解呢？假设我是数字1，你是2，小莫是3，方程式是 $ax = b$，条件为 $a = b = 0$。把我代入 x，等式成立，但把你或小莫代入 x，等式也成立呀。"

他顿了顿，最后还说："你甚至无法证明，郭帅家并非第一凶案现场。"

思炫不得不承认，眼前这个人确实并非等闲之辈，除了司徒门一，他还真没遇到过这样强大的对手。

就在这时，只见董靖快步走进会议室，有些气急败坏地说："莫姐！有人来自首，说他是杀死郭帅的凶手！"

莫轻烟微微一怔，接着白了他一眼，冷冷地说："自首就自首，那么慌张干吗？"

董靖定了定神："那个自首的人是……是杨一健！"

"什么？"莫轻烟吃了一惊。

雍乌想笑。但他没有笑出来，他知道此刻思炫一定在注视着他的表情。于是他只是心里轻轻一笑："这场博弈，终于要分胜负了，慕容思炫。"

第十四章　威迫

雍乌对于罪恶的定义十分严格。郭帅贪污、受贿、诈骗，雍乌也觉得他罪不至死，但他多次迷奸女性，那就是恶贯满盈了，必须以付出生命作为代价。但杨一健呢，虽然贩卖毒品，害得不少人家破人亡，但那些买家也是因为自甘堕落，才向他购买毒品，最终酿成苦果，他们自己也责无旁贷。在雍乌看来，杨一健死罪可免。到底要不要杀死杨一健呢？雍乌一直比较犹豫。

那天凌晨，在把装着致死药剂的针筒插进杨一健的手臂后，雍乌终究有些心软，最后又把针筒拔了出来，饶了杨一健一命。

接下来，他把昏迷中的杨一健，以及杨一健的证件、手机和钱包等物品，一起放进那个行李箱中，把行李箱从楼梯带到地下停车场，避开监控，来到三幢的楼梯口，再通过楼梯把行李箱拉到四楼，带回自己的家中。

凌晨五点多的时候，杨一健醒过来了，但已被雍乌五花大绑，无法动弹。

雍乌跟他展开了谈判。

"我杀了郭帅，你帮我顶罪吧。现场有一把水果刀，刀柄上有郭帅的指纹。你可以说你跟郭帅发生争执，郭帅拿起水果刀攻击你，你随手拿起郭帅家的那个财神铜像自卫，无意中打中了郭帅的脑袋。

"只要你按照我的那套供词，警方绝对找不到破绽。最后你最多被判过失致人死亡罪，量刑很轻，七年以下的有期徒刑。而且你是自首，还会轻判。这样一来，几年后，你就能再次见到你的女儿了。"

"女儿?"杨一健心中一震。女儿是他最爱的人,他可以为女儿付出生命。

雍乌冷笑一声:"是的,你的背景我都查得一清二楚了。你也可以选择不帮我顶罪,或者假装答应帮我顶罪但事后反悔,但这样的话,我会去杀了你的女儿,我说到做到。即使你举报我,警方把我抓住了,那也没有用,我还有其他同伴,他们会代替我去杀了你的女儿。你认为你可以保护你女儿一辈子吗?我告诉你,只要我想杀她,谁也阻止不了。"

杨一健权衡利弊,最终决定帮雍乌顶罪。

于是雍乌带着他通过楼梯来到地下停车场,避开监控,走出小区,并让他到一家小宾馆暂住一段时间,不要露面。

今天上午,雍乌知道将和慕容思炫进行最终对决,于是在出门前给杨一健打了一个电话:"如果到了上午十点我还没有联系你,你就自己到公安局自首吧。现在,你先自己排练一下那天我教你的供词吧。"

第十五章　审问

"小莫,现在我没有嫌疑了吧?"雍乌微微一笑,"接下来,审讯杨一健的事就交给你了。"

他说着走出了会议室。

慕容思炫冷冷地说："他要逃了。"

莫轻烟皱了皱眉："那怎么办？现在没有任何实质证据指证他是凶手，我总不能逮捕他吧？我甚至连传唤他也没有理由。"

"我跟着他，你去审杨一健，如果杨一健招了，我就把他拦下。"

莫轻烟觉得思炫这个主意不错，把自己那台小车的钥匙交给董靖："小董，你和慕容一起去吧，开我的车。"

"是的，莫姐！"

思炫和董靖来到停车场，果然看到雍乌刚开车驶出了公安局。

"他是凶手的可能性上升到百分之六十三了。"思炫伸出手，"钥匙给我，我开。"

雍乌很快就发现思炫和董靖跟着自己。他也不在意，带着他们在市区内到处逛。

大概过了半小时，莫轻烟打电话给思炫："杨一健说，那晚他喝了酒，想起自己的老婆和郭帅偷情的事，越想越生气，于是乘着酒意去找郭帅算账。在郭帅家里，两人发生争执，郭帅拿起茶几上的水果刀攻击他，他便随手拿起陈列柜上的财神铜像抵挡，后来在冲突中无意打中了郭帅的头部。他也不知道郭帅是晕过去了还是死了，回家考虑了几个小时，最终决定到宾馆去躲几天再说。后来他看新闻知道郭帅死了，就更加不敢露面了。"

"供词有破绽吗?"思炫问。

"没有,滴水不漏。其实我已经给他施加了很大的心理压力,但他嘴巴很硬。而且他说的跟凶案现场的一切都完全吻合,只要他一直坚持这份口供,我们便没有证据证明这宗案件跟王凡有关了。"

"是王凡早就教过他怎样应对审问。"思炫打着哈欠说道,"其实要他招供,很简单。"

第十六章　招供

莫轻烟再次走进审讯室。杨一健抬头看了她一眼。

"警官,我还要在这里待到什么时候呀?"杨一健有些不耐烦地说,"该说的我都说了。"

莫轻烟笑了笑:"现在就走吧。"

"现在?"杨一健怔了一下。

莫轻烟带着他来到审讯室外的走廊。忽然,莫轻烟把嘴巴凑到杨一健耳边,轻声说:"看到那边有个男警官吗?"

杨一健抬头一看,果然在走廊的尽头处有一个高大的男警官。

他还没答话,莫轻烟接着低声说道:"你知道接下来会发生什么事吗?你为了逃跑,会挟持我,而那男警官则会开枪把你击毙。"

杨一健大吃一惊，颤声道："什……什么？为什么？"

"因为，我和他都有把柄在王主任手上，不得不听话。"

"是王凡要杀我？"杨一健讶然。

"是的，虽然你为他顶罪了，但他怕你日后会推翻现在的口供，所以吩咐我们在你认罪后，就立即干掉你，免得夜长梦多。"莫轻烟笑了笑，"这条走廊的监控已经被我们破坏了，你死以后，没有人知道这里曾经发生过什么事，我和那男警官说什么就是什么了。"

说罢，她突然塞给杨一健一支笔。杨一健吓了一跳，立即把笔丢掉，紧接着跪了下来，双手抱头，大叫："不要杀我！救我！"

他的叫喊声惊动了附近的几名警察。他们快步走进走廊，其中一名警察问道："什么事？"

杨一健哭丧着脸说："我招了！是王主任干的！我只是帮他顶罪！"

第十七章　脱身

慕容思炫的手机响了，又是莫轻烟打来的。

"招了？"思炫接通了电话。

"对！王凡现在在哪？我已经申请了逮捕令，马上带人过来抓他！"莫轻烟的语气有些激动。

"慈爱三路。"

思炫话音刚落，前方的雍乌突然加速。

"百分之八十八。"思炫一脚踩下油门，追了上去。

"什么情况？"董靖吓了一跳。

"这台车里被王凡安装了窃听器。"思炫面无表情地说。

雍乌虽然高速行驶，但终究无法摆脱思炫。两台小车在公路上风驰电掣。最后，雍乌把车开到郊外，驶进了一座铁棚厂房里。思炫追进厂房，竟见厂房内有一台直升机正在转动旋翼，准备起飞。此时雍乌已经下了车，正在快速跑向直升机。

思炫把小车开到直升机前，以极快的速度从车窗跳出来。但这时雍乌已经进入了直升机的驾驶舱，而直升机也已离地面两米多了。

思炫双脚一蹬，向上一跃，一把抓住了直升机的起落架，接着身子一翻，便跃进了驾驶舱，整个过程行云流水。

董靖目瞪口呆地望着直升机飞离这座铁棚厂房。

与此同时，雍乌和直升机的驾驶员都大吃一惊。

思炫朝那驾驶员看了一眼，"咦"了一声，声音微颤：
"是你？"

他认得那驾驶员，全名骆浅渊，是一名药物化学家。雍乌本来打算用来杀死杨一健的那些混合药剂，就是这个骆浅渊提供给他的。

没等骆浅渊回答，思炫微微地吸了口气，接着对雍乌冷冷地问："这么说，王凡是假名？你是'白无常'雍乌？"

雍乌苦笑："反神会的继承者，果然非同小可！"

雍乌和骆浅渊，都是一个名为神血会的组织的成员，雍乌外号"白无常"，骆浅渊外号"马面"。除了他俩，神血会还有另外两名成员，外号分别是"黑无常"和"牛头"。

神血会是一个杀人组织，组织里的四名成员，均以制裁那些他们认为罪有应得，但法律所无法制裁的人为己任——譬如郭帅这种败类。他们认为自己是正义的审判之神。

而另一个名为反神会的组织，则是为了阻止神血会地下执法、滥用私刑而存在的。慕容思炫，就是反神会的成员们所培养出来的继承者。

本来，神血会和反神会都在 B 市，双方成员交手多次，各有输赢。直到十八年前，"雷霆号"事件发生后，B 市警方对神血会的四名成员展开大规模追捕。于是雍乌、骆浅渊以及另外两名同伴，连夜逃离 B 市，分别前往不同的城市暂居，直到几个月后才在 L 市会合。从此，他们便在 L 市住了下来。

他们一般是单独行动的，只有必要时才会联手。

六年多前，反神会中一个名叫穆雨墨的成员查到神血会在 L 市，于是带着继承者慕容思炫千里迢迢来到 L 市，寻找神血会的下落。

但到达 L 市没多久，穆雨墨却离奇失踪了。从此，慕容思炫便一个人留在 L 市，独自追寻神血会的踪迹。只可惜神血会的四名成员行事谨慎，思炫追查了六年多，仍然没能把神血会揪出来。

这几年，思炫协助 L 市警方侦破了许多奇案，逐渐引起了雍乌这个公安局特聘刑侦专家的注意。但雍乌并不知道他是反神会的继承者——神血会的成员都没有见过思炫。而思炫虽然知道雍乌的长相，但因为雍乌整容了，所以思炫也没能认出这个物证鉴定中心主任法医师"王凡"，就是自己追捕的神血会的成员之一。

直到一个多月前，骆浅渊的家里发生连环命案，他的小儿子被杀，大儿子则作为杀人凶手被警方逮捕了。

负责解剖骆浅渊小儿子尸体的人，就是雍乌。他认出尸体的身份，并且向警察了解了这宗案件的来龙去脉后，立即给当时远在美国的骆浅渊打电话："骆，你家出事了，你先别回来。"

雍乌还向警方了解到，骆家发生连环命案时，慕容思炫刚好也在骆家。雍乌觉得很奇怪："这个慕容思炫为什么会到骆的家里去？是巧合？"

于是他对慕容思炫展开深入调查，发现慕容思炫竟是 B 市人，他是在 2008 年 2 月才移居到 L 市来的。

时间吻合！雍乌怀疑慕容思炫就是反神会的继承者。

他把这个调查结果也告诉了骆浅渊。

就这样，骆浅渊和雍乌明确了思炫确实是反神会的继承者。只是当时雍乌没有想到，自己半个月后要实施的杀局，警方的侦破工作竟然被慕容思炫掺和进来了。

昨天晚上，雍乌联系了骆浅渊："骆，我明天要跟那个慕容思炫玩个博弈游戏，胜负之数五五。你到我们停着直升机的那个铁棚厂房等我吧。"

骆浅渊擅长驾驶各种汽车、轮船和飞机，在神血会中担任车手。以前，神血会的成员每次执行完计划准备撤离时，都是由骆浅渊开车接应的。

刚才，通过窃听器得知杨一健已经招供后，雍乌一边加速逃跑，一边打电话给骆浅渊："骆，我输了，我现在过来，你准备一下。"

此时，在直升机的驾驶舱内，只听思炫一脸冰冷地说："我清楚你们两个的武术水平，我估计我可以在五十六秒内击倒你们两个，并且夺得直升机的驾驶权。要试试吗？"

雍乌知道思炫所言不虚，叹了口气："骆，降落吧。"

就在这时候，雍乌的手机响了起来。雍乌拿出手机一看来电显示，"咦"了一声，接着接通了电话，还打开了扬声器。

只听手机中传出一个男子的声音："反神会的继承者，你好，我是神血会的创始人及目前的首领——'黑无常'。"

思炫没有答话。

"黑无常"接着说:"这十多年来,我们一直在 L 市惩恶惩奸,L 市的秩序,正在向一个理想的方向发展。但你的出现,却打破了这一切。你一出手,就逼得我的两位兄弟要逃亡,段大哥他们所培养出来的继承者,真是不容小觑呀!"

思炫还是没有回答。

"黑无常"顿了顿,接着说:"好了,现在,我要跟你做一笔交易。"

思炫这才冷冷地说:"你们已经没有任何筹码了。"

"黑无常"笑了一声:"是吗?穆雨墨呢?这个筹码的分量足够吗?"

穆雨墨,就是带着思炫来到 L 市追捕神血会的那位反神会成员。她也是思炫的师父之一。

思炫斜眉一蹙:"她在哪?"

"只要你放了我的两个兄弟,我答应你,明天你就能见到穆雨墨。"

与此同时,雍乌丢给思炫一个降落伞。

思炫一边穿上降落伞,一边用毫无抑扬顿挫的语调说道:"以暴制暴,还以为自己是神?都六十多岁了,还这么幼稚呀?"

说罢,他翻身一跃,跳出了直升机的驾驶舱。

终 章

次日上午，慕容思炫果然收到了"黑无常"的短信。他根据短信中的地址来到一座出租屋，看到屋内卧房中有一个五十岁左右的女子躺在床上，正是一手把他培养出来的反神会成员之一穆雨墨。

只是此时穆雨墨表情木然，目光呆滞，一动也不动。

屋内还有一个四十来岁的女子，自称郑姨。郑姨说，她照顾穆雨墨已经五六年了。穆雨墨是一个植物人，没有任何意识。这几年，她每天都为穆雨墨喂食喂水、洗澡翻身、清理大小便。

思炫问郑姨，穆雨墨为什么会变成植物人。郑姨说她也不知道，她第一次见到穆雨墨的时候便是这样了。当时聘请郑姨照顾穆雨墨的是一个六十岁左右的男子，自称李先生。这几年，李先生每个月都会给郑姨的银行卡打来几千块，作为照顾穆雨墨的报酬，以及交房租的费用。

思炫根据郑姨的描述，猜测那个"李先生"便是神血会的首领"黑无常"。

"我要带她到我住的地方去，刚好那间出租屋还有两个空房，你也一起搬过来吧，继续照顾她。以后每月由我支付你报酬。"

思炫对郑姨交代完毕，一步一步地走到床前，弯下腰在穆雨墨耳边低声说："穆，我是慕容，我来迟了。"

他清楚地看到，他刚说完这句话，穆雨墨的手指轻轻地动了一下。

猛兽山庄

序 章

冷夜。

一台白色的小车停在南山山脚。

车里坐着一个三十岁左右，神清骨瘦的男子。

苍白的月光透过挡风玻璃射进车内，照在了男子那写满沧桑的脸上。

男子抬起手看了看手表，凌晨零点零二分。

"已经十二点了呀？"男子喃喃自语。

他从口袋里拿出一张彩纸，熟练地折了一只千纸鹤。

"丫头，这是第三千五百四十一只了，还差五十九只，我就完成了对你的承诺了。"男子说罢轻轻叹了口气。

这个男子名叫沈莫邪。他口中的"丫头"是他的女友曲小池。

十年前，曲小池自杀了。她怕自己死后沈莫邪会殉情，所以在死前要沈莫邪答应她，每天为她亲手折一只千纸鹤，一共要折三千六百只。她认为，当漫长的十年过去后，沈莫邪会逐渐把她淡忘，哪怕心中仍然记挂着她，也就不会自寻短见了。

此时沈莫邪正回忆着和曲小池相处时的点点滴滴，忽然一个女子骑着摩托车过来，停在了他的小车旁边，接着从摩托车上跳下来，摘掉了头盔。

那是一个五十出头的女子，虽然年过半百，但却风韵犹存。

她打开了沈莫邪的车门，坐到了副驾驶座上。

"梦姐，好久不见了。"沈莫邪轻轻一笑。

女子点了点头："小沈，你好像瘦了不少呀，保重身体呀。"

这女子名叫南宫听梦，和沈莫邪是忘年之交。

他俩是在六年前，于机缘巧合之下认识的。

事情是这样的：曲小池的父亲是一位拥有数十亿资产的企业家。他临终前立下遗嘱，把大部分遗产留给小儿子曲泽洋和小女儿曲小池。

曲父去世后，在遗嘱公布前三天，曲小池的兄长买通了宣读遗嘱的那位律师的助手杨邦龙，提前知道了遗嘱的内容。

后来，他跟几个兄弟姐妹联手逼死了曲小池，又逼得曲泽泽跳崖，幸得沈莫邪所救。

如果不是那个助手杨邦龙把遗嘱的内容告诉了曲小池的兄长，曲小池或许就不会死。沈莫邪想把这个间接害死了自己女友的杨邦龙揪出来，用自己的手段惩罚他。

但杨邦龙却已离开 L 市，人间蒸发。直到四年以后，沈莫邪才找到他的行踪。

经过深入调查，沈莫邪得知杨邦龙这几年就在 K 市当律师，干了不少伤天害理的坏事，特别是在一年前，他甚至间接害死了一个孩子。

当时，在 W 市有一位名叫牛春庚的男子，他那七岁的儿子在火车站附近玩耍时，不慎触碰到高压设备，导致全身百分之八十五的皮肤重度烧伤。

那时牛春庚在 K 市出差，接到妻子的电话后，连夜开车赶回 W 市。

然而，祸不单行，牛春庚在返回 W 市的途中，在高速公路上和一台货车相撞，牛春庚当场死亡。

当时牛春庚的孩子病情严重，为了保住性命，刚做了截肢手术。牛妻因为要照顾孩子，无暇分心，于是委托发生车祸当地的律师杨邦龙处理丈夫的后事。

一个月后，牛妻来到 K 市，与杨邦龙一起到交警大队参与了牛春庚交通事故损害赔偿的调解。最后达成协议，由肇事方一次性给付牛春庚死亡赔偿金五十八万元，当场给付现金。

从交警大队出来，杨邦龙对牛妻说："牛太太，你背着几十万现金在街上走不安全呀，咱们赶快找个银行存起来吧。对了，我有 K 市的账号，你可以先存到我的账号，回到 W 市后我再帮你取出来，转到你的账号，这样就万无一失了。"

牛妻没有异议，把所有赔偿金都存进了杨邦龙的账号。然而当她回到 W 市后，却再也联系不上杨邦龙了。原来杨邦龙拿到钱后就离开了 K 市，又回到了老家 L 市，直到沈莫邪发现了他的行踪。

牛春庚的儿子入院后一直住在 ICU。因为牛春庚的死亡赔偿金被杨邦龙骗走，牛妻无力支付高昂的费用，只好把孩子转移到普通病房治疗。最后，孩子因为伤口感染而死亡。

可以说，是杨邦龙间接害死了这个孩子。

对于每个人的善恶，沈莫邪心中有一台天平。如果杨邦龙只是为了利益把曲父的遗嘱内容告诉了曲小池的兄长，那沈莫邪觉得他还罪不至死，毕竟当时他并不知道曲小池的兄长会对弟弟妹妹狠下杀手。

但杨邦龙这几年所干的坏事加起来，特别是骗走赔偿金导致牛春庚的孩子死亡这件事，让沈莫邪觉得，杨邦龙已被列入恶人之列，该杀。

于是沈莫邪来到 W 市找到了牛妻。

失去了丈夫和儿子的牛妻，在这一年里，多次服药自杀，均未成功，每天过着行尸走肉般的日子，生不如死。

沈莫邪对她说："我可以帮你制裁那个害死你儿子的杨邦龙。"

于是牛妻跟着沈莫邪来到了 L 市。

那天晚上，沈莫邪带上了一把远程电击器，带着牛妻潜入了杨邦龙的家。他答应过曲小池自己的双手不能沾血，所以只能让牛妻自己动手，杀死杨邦龙。

然而在杨邦龙家的书房中，他俩却看到一个四十来岁的女子跪在地上，奄奄一息，衣服已被鲜血染红。而杨邦龙则站在这个女子身前，手中拿着一把手枪。

"想杀老子？等下辈子吧！"杨邦龙低吼着，举起手枪指着女子的脑袋。

这个重伤的女子，便是南宫听梦！

南宫听梦是神血会组织的成员，外号"牛头"。

除了她，神血会还有三名成员，外号分别是"黑无常""白无常""马面"。

他们认为自己是正义的审判之神。

南宫听梦跟沈莫邪一样，查到了杨邦龙的恶行，所以今夜前来取他性命。

她是神血会的四位成员中身手最好的。她六岁开始习武，十一岁便就读于 B 市的一所武术学校，十三岁已前往少林寺拜师学艺。她十八般武艺样样精通，多次获各种大型武术比赛的冠军。

正因为难逢敌手，所以她艺高人胆大，独自来到杨邦龙家中找到杨邦龙，二话不说，一脚把他踢飞，接着历数了他的种种罪行，最后从腰间拔出一把军刀，要了结他的生命。

杨邦龙眼看性命难保，连忙说：“等一下！女侠，你误会了！我是被冤枉的！我没有做过你说的那些坏事！”

南宫听梦迟疑了一下，骂道：“还不承认？”

“我真的没有干过！我有证据证明我是清白的！”

“什么证据？”

“你跟我到书房，我给你看。”

南宫听梦有勇无谋，跟着杨邦龙来到书房。杨邦龙打开抽屉，却哪里是取什么证据，而是拿起一把安装了消声器的手枪，转身便扣动了扳机。南宫听梦轻呼一声，胸部中枪，跪倒在地。

此时，杨邦龙想在南宫听梦的脑袋上补上一枪。沈莫邪眼疾手快，举起远程电击器对着杨邦龙发出一支带有强电压的飞镖。电光一闪，飞镖插进了杨邦龙的右肩。杨邦龙“哎哟”一声，手枪掉落在地，再也无法动弹。

“牛太太，接下来要怎么做，就由你自己决定了。”沈莫邪对牛妻说完这句话后，便抱起重伤的南宫听梦离开了杨邦龙的家。

牛妻深深地吸了口气，捡起南宫听梦带来的军刀，刺进了杨邦龙的心脏。

当沈莫邪把南宫听梦抱上车的时候，只听到不远处传来“砰”的一声巨响——再也没有生存理由的牛妻跳楼自杀了。

沈莫邪救下重伤的南宫听梦，从此两人成为忘年之交。

后来南宫听梦把神血会的事告诉了沈莫邪，并邀请沈莫邪加入神血会。但沈莫邪拒绝了。

除了曲小池的弟弟曲泽洋，他不愿与人为伍。

虽然没有加入神血会，但沈莫邪每隔一两年就会现身跟南宫听梦碰个头，叙叙旧。

两人上一次见面已是两年前。今夜，沈莫邪约南宫听梦在南山山脚见面。

此时南宫听梦说沈莫邪比上次见面消瘦了许多。沈莫邪笑了笑："梦姐你倒是越来越漂亮了。"

南宫听梦呵呵一笑："小沈，你心情好像不错嘛。怎么？最近又干掉了不少坏人？"

沈莫邪没有回答，突然轻轻叹了口气，淡淡地说："梦姐，我要走了，不再回来。"

南宫听梦微微一怔："走？去哪？"

沈莫邪还是没有回答，只是说："梦姐，我想拜托你一件事。"

"你说，我一定帮！"南宫听梦还没问是什么事便先爽快地答应。

沈莫邪交给南宫听梦一个公文袋："这里面有一个名叫宋田田的女生的详细资料。如无意外，这个宋田田在三年后，具体时间是 2012 年 6 月底，会被卷入一场连续杀人事件。如果她能在事件中幸存，那么将会得到一大笔钱。你也知道，金钱是可以彻底改变一个人的。我想你到时调查一下她，如果她拿到钱后变成了我们所定义的'恶人'，那你就把她引入我所设计的、将在 2013 年 1 月启动的另一个杀局中。"

"好，我知道了。"南宫听梦接过公文袋。

两人又聊了一会儿，南宫听梦说道："好了，我要走了，免得我老公担心。"

沈莫邪凄然一笑，望着南宫听梦走下车，喃喃自语："梦姐，后会无期了。"

南宫听梦骑上摩托车，正要离去，忽然看到一个人从山上踉踉跄跄地走下来。

那是一个披头散发、满身是血的女人。

她的怀中，似乎还抱着一个孩子。

那天是 2009 年 7 月 19 日。

沈莫邪自杀前一百三十五天。

插 曲

叮当——叮当——叮当——

急促的门铃声响起。

"阿娣，去看看是谁来啦？"外公的声音从洗手间里传出来。

"知道啦!"

正在大厅看电视的阿娣不情愿地站起来,走到大门前,开门一看,门外站着一个五十多岁的女子。

阿娣认得她,喜道:"梦姨?"

梦姨笑了笑:"阿娣,外公在吗?"

"在啊!"

这时候,外公从洗手间中出来了,看到梦姨,微微一呆,接着低声道:"南宫小姐,是你啊?"

梦姨点了点头。

"今晚留在这里吃饭吧。阿娣,到楼下去买只烤鸡加菜吧。"

"嗯。"

阿娣走出大门,来到楼梯口,忽然记起自己没带钱,于是返回家中,来到大门前,正要开门进去,却听外公的声音从屋内传出来:"南宫小姐,一切准备就绪了吗?"

接着传来的是梦姨的声音:"是的,你可以执行那个复仇计划了。"

外公愤愤地说:"哪怕拼了这身老骨头,我也一定要亲手干掉那几个人渣!"

阿娣从来没有听过外公用这么可怕的语气说话。

"按照计划,明天你先去干掉那个姓冷的人渣吧。"梦姨的语气也让阿娣觉得十分陌生。

阿娣没有勇气再听下去了。

第一章　驯兽师

这天晚上，慕容思炫和夏寻语正在房间下斗兽棋，忽然门铃响了。

"谁呢？委托人？"夏寻语一边说一边走出房间。她开了一家侦探事务所，专为委托人解决各种棘手问题，而慕容思炫是她名义上的助手。

此时夏寻语来到大门前开门一看，由不得微微一怔：门外站着一个男子，穿着 T 恤和牛仔裤，打扮休闲，但他的脸上戴着一张遮盖了大半边脸的面具，略显诡异。

"你……你找谁呀？"夏寻语咽了口唾沫。

男子微微一笑："我的面具吓着你了？真不好意思。如果我摘掉面具，恐怕你会更害怕，呵呵。"听他的声音，大概四十来岁。

夏寻语定了定神，问道："你是要委托我们查案吗？你好，我就是夏寻语侦探事务所的负责人。"

男子"嗯"了一声："其实，我是来找慕容思炫先生的。请问他是住在这里吗？"

刚好这时，慕容思炫也从房里走到大门前。他朝这个面具男子瞥了一眼，没有说话。

夏寻语回头指了指思炫："他就是慕容思炫呀。"

"咦?"男子看了看思炫,见他头发杂乱,表情呆滞,不禁有些诧异,"他……他就是慕容思炫?"

"你是谁?"思炫冷冷地问。

"我……我叫周小飞。唔,"名叫周小飞的面具男子顿了顿,一边递上名片一边继续道,"慕容先生,我想冒昧请你明天陪我到昕薇山庄走一遭。"

"是要委托我们查案吗?进来再说吧。"夏寻语把周小飞请进屋里。

三人来到大厅,夏寻语和周小飞在沙发上坐下,思炫则一下子跳到沙发的靠头上,平躺身体,紧紧地盯着天花板。

思炫这莫名其妙的举动让周小飞目瞪口呆。夏寻语笑了笑:"周先生,你不用理他,请说说你委托我们的事吧。"

周小飞点了点头,把事情的始末娓娓道来。

"我是 L 市动物园的一名驯兽师。三天前,我在网上看到一则招聘兼职驯兽师的广告:聘请一位有经验的驯兽师到南山山顶的昕薇山庄主持一场马戏表演,酬金有十万元。我一看到这巨额酬金就心动了,立即到昕薇山庄去面试。很幸运,我通过了面试,或许是因为在 L 市内的驯兽师本来就不多吧,呵呵。

"那场马戏表演的时间是明天,4 月 19 日。这几天我每天都到昕薇山庄去,跟那些将要表演的动物进行交流。唔,总共有五只动物,一只南非狮,两只孟加拉虎,还有两只棕熊。"

夏寻语听到这里忍不住问道："南山山顶竟然有这些猛兽？饲养狮子老虎不是违法的吗？"

"你知道昕薇山庄的主人是谁吗？是达克集团的董事长甄三祥。以他的财力和人脉，要申请一张驯养繁殖许可证并不难吧？"周小飞说。

L市达克集团股份有限公司是一家以商业地产、高级酒店和连锁百货为核心产业的上市公司，总资产高达数百亿。

"接着说。"思炫冷冷地道，身体仍然一动不动。

"这几天通过跟那些动物交流，我觉得自己可以胜任马戏表演。甄三祥的儿子也对我的表现十分满意，支付了我一万块定金。本来我明天就要到昕薇山庄去进行表演，可是今天下午，却有一个陌生女人到我家来找我，跟我说我明天的表演会有危险，甚至会危及生命。"

周小飞说到这里吸了口气，继续道："那个女人还说，我必须找到一个名叫慕容思炫的人和我一同前往山庄，才能逢凶化吉。她告诉了我慕容思炫的地址，还给了我一封信，让我交给慕容思炫。"

夏寻语大奇："那封信你带来了吗？"

周小飞点了点头，从口袋里取出一个黑色的信封。

思炫突然一跃而起，从沙发的靠头上跳到了周小飞面前。周小飞吓了一跳，还没反应过来，已被思炫取走了手上的信封。

思炫撕开封口，取出信纸打开一看，只见信纸上写道：

X：

　　这是我们的第五次交流，如果没出意外的话。

　　我给你写的第四封信和第五封信之间相隔的时间，只有短短的十多天。

　　但对于你来说，第四次挑战和现在的第五次挑战，却相隔了三年。

　　这一次，如果你愿意，将随某位驯兽师（我此时也不知道这位不幸的驯兽师将会是谁）前往昕薇山庄，迎接我所布下的杀局。

　　事实上，当你看到这封信的时候，杀局已经开始了……

　　那么，接下来，你又能否阻止我继续惩罚山庄中的那些罪有应得的"恶人"呢？

　　又或许，经过前几次挑战，你已觉悟，认为不该阻挠我的杀局？

　　　　　　　　　　　　　　　　　　沈莫邪

果然是沈莫邪。思炫斜眉一蹙，微微吸了口气。

这位已于五年多前服毒自杀的沈莫邪，是一个犯罪天才。他在死前，布下了无数杀局。这些杀局，在他死后，已在陆续启动。

慕容思炫，是沈莫邪命中注定的对手。他已两次被卷入沈莫邪所布下的杀局，和这个死人展开过激烈的对决。

此时看过沈莫邪的信，思炫已猜到沈莫邪在自杀前，曾在昕薇山庄布下某个杀局，而这个杀局的启动时间就是今年。

或许就在明天！

他想了想，立即打电话给在刑警支队工作的老朋友霍奇侠。

"慕容？"

思炫开门见山地问："位于南山山顶的昕薇山庄，最近发生过什么案子吗？"

"昕薇山庄？"霍奇侠稍微想了想，"你是说'猛兽山庄'？我想起来了，几天前那里死了一个人。"

"是驯兽师？"思炫冷冷地问。

"咦，你也知道？"

"你接着说。"

"你等一下，我去找找那宗案子的卷宗。"

不一会儿，霍奇侠回电，把事情的始末告诉了思炫。

昕薇山庄的主人、达克集团的董事长甄三祥，在山庄内养了狮子、老虎、棕熊、金钱豹、狼、巨蟒、鳄鱼等数十只猛兽，因此昕薇山庄被外界称为"猛兽山庄"。

甄三祥今年七十七岁，他从五十多岁开始，每年农历生日都会在山庄内设宴，邀请亲戚、朋友、客户到山庄参加寿宴。

十年前开始，甄三祥还在寿宴中加入马戏表演助兴。寿宴中的马戏表演环节这十年来都如期举行，风雨不改。

平时负责饲养、训练这些动物，并在甄三祥的寿宴中主持马戏表演的，是一个住在山庄内的驯兽师，名叫冷辞答。

明天，三月初一，就是甄三祥七十七岁的农历生日。本来今年在寿宴中主持马戏表演的，也是冷辞答。但在四天前，冷辞答在训练那两只孟加拉虎时，其中一只老虎突然扑上来，一口咬住了他的头颅。当山庄内的工作人员用高压水柱把老虎驱赶回小铁笼后，却发现冷辞答的头颅已被啃掉了一半。冷辞答当场死亡，且死状十分惨烈。

警方经过调查后，认为这是一宗意外。要知道，冷辞答平时在训练动物们的时候十分苛刻，南非狮、孟加拉虎、棕熊……每一只猛兽都领教过他的皮鞭，皮肉之苦是家常便饭。因此那只孟加拉虎突然爆发报复行为，十分正常。

挂掉霍奇侠的电话后，慕容思炫把情况向夏寻语和周小飞转述。

周小飞听后叹着气说："是呀，动物突然发狂，真是再正常不过的事了。我这半边脸，也是在几年前训练一只棕熊时，被那棕熊咬掉的。"原来这就是周小飞戴着半张脸面具的原因。

他顿了顿，接着又说："原来的驯兽师死了，但寿宴中的马戏表演又迫在眉睫，难怪他们要高薪聘请驯兽师了。"

夏寻语不解地说："马戏表演只是助兴节目，取消了也没什么大不了吧?"

周小飞摇了摇头:"夏小姐,你有所不知,这些年来,很多前往山庄参加甄三祥寿宴的客人,都对寿宴中的马戏表演充满期待,甚至有些宾客特意从国外回来参加寿宴,主要目的就是观看表演。"

"这么夸张?"夏寻语更加疑惑了,"不就是一场马戏表演吗?到动物园或马戏团也能看呀。"

"或许是因为表演中有马戏团的表演里所看不到的特别环节吧。"周小飞微微苦笑。

"什么特别环节?"夏寻语追问。

周小飞却卖了个关子:"要不夏小姐你也随我到山庄去,这样不就能看到表演了吗?"

夏寻语望向慕容思炫:"思炫……"

思炫打了个哈欠,一脸木然道:"好,明天我们就到昕薇山庄走一遭。"

"那我明天中午来找你们。麻烦你了,慕容先生。"

周小飞离开后,思炫再次打电话给霍奇侠:"把冷辞答死亡事件的侦查卷宗拿过来给我,现在。"

挂掉电话后夏寻语问:"思炫,你怀疑冷辞答的死不是意外?"

思炫点了点头:"是谋杀的可能性很高。"

"为什么?"

"冷辞答就是死于沈莫邪所布的杀局的。这个杀人计划沈莫邪应该是在 2009 年制订的，启动的时间是 2015 年。2009 年时甄三祥已在寿宴中加入了马戏表演的环节。沈莫邪以此制订计划，让凶手在今年甄三祥的寿宴前杀死主持马戏表演的驯兽师冷辞答。甄家的人为了让马戏表演顺利进行，立即上网招聘新的驯兽师，最后周小飞通过了面试。

"这一切都在沈莫邪的计划之内，只是当时他还不知道具体会由哪位驯兽师代替冷辞答。沈莫邪生前交代过某个傀儡——就是那个让周小飞来找我的女人，让她在冷辞答被杀后，联系上那位代替冷辞答的驯兽师，让新驯兽师来找我，并把第五封挑战信交给我。

"沈莫邪在信中说'当你看到这封信的时候，杀局已经开始了'，就是指冷辞答已经被杀。当然，这只是这个杀局的开端。接下来在昕薇山庄里，还会陆续发生杀人事件。"

夏寻语倒抽了一口凉气："一个已经死了快六年的人，却能操控着还活着的人的生死，这个沈莫邪，真是太可怕了！"

"多米诺骨牌已经启动，"思炫最后一脸冰冷地说，"明天，我们就去找出隐藏骨牌的地方，阻止剩下的骨牌继续倒下。"

第二章　猛兽山庄

次日下午两点，周小飞开车载着慕容思炫和夏寻语来到位于南山山顶的昕薇山庄。

上山途中，周小飞跟昕薇山庄的管家通过电话。当三人来到山庄大门前方时，一个七十岁左右、面容慈祥的老人已在门外等候。

"张管家，上车吧。"周小飞把车停下，跟老人打招呼。

思炫和夏寻语明了：这个人便是昕薇山庄的老管家张禾（在上山途中周小飞跟思炫和夏寻语提起过他）。

张禾上车后，看了看思炫和夏寻语："你们好。唔，你们是……?"

夏寻语笑着道："我们是周先生的助手，我叫夏寻语，他叫慕容思炫。"

张禾点了点头："欢迎你们前来昕薇山庄，敝姓张，是这里的管家。"

交谈中，周小飞把车开进了山庄内的停车场。四人下车后，张禾说道："三位，现在我先带你们去见一见大少爷吧，好吗?"

他所说的"大少爷"，就是甄三祥的长子，甄俊杰，是达克集团的现任CEO。思炫昨晚看过冷辞答死亡事件的侦查卷宗，了解山庄内众人的基本资料和关系，得知甄三祥是从十年前开始，把达克集团逐渐交给甄俊杰打理的。

而刚才在上山的途中，周小飞也跟思炫和夏寻语提起过甄俊杰这个人：数天前在网上招聘驯兽师，后来又支付了周小飞一万元定金的人，就是他。

此时四人经过花园，来到一座玉宇琼楼般的三层建筑前。这是昕薇山庄的主馆，甄三祥、甄俊杰等甄家的人，都住在这里。

进入主馆，张禾领着周小飞、思炫和夏寻语来到二楼的某个房间前，敲了敲房门，说道："大少爷，周先生来了。"

不一会儿房门打开了，一个在四十岁到五十岁之间的男子站在门后。这男子西装革履，衣裤笔挺，一副成功人士的样子，但目如冷电，颜似冰霜。

他正是甄俊杰。

只见他向周小飞点了点头，淡淡地说："周先生，你好。"

他一边说一边朝思炫和夏寻语瞥了一眼，但没有理会他们，接着转头向张禾问道："老张，活羊准备好了吗？"

"已经准备好了，大少爷，唔，就放在车上。"

"带我去看看。周先生，你也一起来吧。"他说罢大步走出房门。

"三位，请随我来。"张禾一边说一边跟上了甄俊杰。

夏寻语嘟囔道："什么嘛？把我们当成透明……"

周小飞不好意思地说："慕容先生，夏小姐，真抱歉。"

夏寻语笑了笑："抱歉啥呀？这又跟你无关。"

五人走出主馆，来到一台停在主馆旁边的十座电动观光车前方。在观光车的后架上，绑着一只活山羊。

"上车吧，我们先把山羊送到剧场那边去。"甄俊杰走上了观光车的驾驶座。

张禾、周小飞、思炫和夏寻语也跟着上了观光车。

甄俊杰开着观光车经过花园，来到位于主馆不远处的一座石桥前方。

"从石桥过去就是剧场了，今晚的马戏表演就是在剧场进行的。"周小飞向思炫和夏寻语解说道。

与此同时，甄俊杰已开着观光车驶上了石桥。石桥不宽，夏寻语向外一望，两侧是深不见底的悬崖，由不得倒抽了一口凉气："好高呀！甄先生，你开慢一点儿呀！"但甄俊杰没有回答。

过了石桥，便看到位于石桥旁边的剧场了。从主馆开着观光车来到剧场大门前，只需要一分钟左右，如果是步行，恐怕三五分钟也就足够了。

"好宏伟的剧场哦！"夏寻语稍微惊叹道。

这座剧场的形状是一个半圆，外墙基本由玻璃构成，站在剧场外也能对剧场内的舞台和座位一览无遗。整座剧场确实气势磅礴，令人叹为观止。

"这座剧场是老爷在十年前专门请了一支出名的施工队

建造的，剧场内可容纳一千二百人。"张禾向思炫和夏寻语介绍。

甄俊杰在剧场大门前把观光车停下，张禾来到车后，把山羊拉了下来。

"张管家，我来帮你吧。"周小飞走过去帮忙。

夏寻语问道："今晚的马戏表演，有山羊走钢丝这个节目？"山羊背着猴子走钢丝，是一个经典的马戏节目。

周小飞苦笑着摇头："它不是要去走钢丝，而是要去被吃掉。"

"什么意思？"夏寻语不解。

张禾向夏寻语解释。

原来，八年前，甄三祥突然很想知道，狮子和老虎到底谁更厉害一些呢？于是他把山庄中的南非狮和孟加拉虎（当时山庄内只有一只孟加拉虎）都饿了五天，五天后把它们放到同一个铁笼中，丢进一只活羊，观赏它们为了争夺食物而拼个你死我活的场面。果然，那一场狮虎大战极为激烈，让甄三祥看上了瘾。

从此，每年寿宴的马戏表演中，甄三祥便加入了狮虎斗这个环节。每年在寿宴举行前五天，他就令饲养员冷辞答不要再向狮子和老虎提供食物。直到寿宴举行当天，在马戏表演中，才丢给狮虎一只活羊，让宾客们欣赏一场紧张刺激的狮虎争斗。

夏寻语听到这里，总算明白昨天周小飞所说的"马戏团的表演里所看不到的特别环节"是指什么了。一些住在国外的宾客专程回来参加寿宴，其实只是为了欣赏这场难得一见的狮虎之争。

正因为大家对此充满期待，表演不能取消，所以在冷辞答死后，甄俊杰才急着要招聘一个新的驯兽师。

此时五人走进剧场，只见舞台中央有一个巨大的柱状铁笼，那自然就是用作猛兽表演的铁笼了。

在这个柱状铁笼的顶部有一个黑色的铁箱。

张禾走到铁笼旁，按下一个按键，只见那黑色铁箱徐徐下降。

周小飞拉着那只山羊走进铁笼，打开铁箱的盖子，把山羊放到铁箱之中。

这个铁箱的长度有两米左右，宽度和高度也超过一米，别说是一只山羊，哪怕把一个人装进来，也绰绰有余。

放置好山羊，周小飞把铁箱的盖子盖好。张禾再次按下按键，让铁箱升回那柱状铁笼的顶部。夏寻语叹了口气，喃喃说道："可怜的山羊，唉，人呀，真的好残忍。"

当五人走出剧场的时候，还差十多分钟就到下午三点了。

第三章　猛兽园

走出剧场后，周小飞说道："甄先生，我想到猛兽园看看。"

"可以。"甄俊杰淡淡地答道。

夏寻语好奇地问："猛兽园？在哪？"

张禾回答："就在剧场后面。我们一起过去看看吧。唔，大少爷，你也去吗？"

甄俊杰看了看手表："走吧。"

在前往猛兽园的途中，张禾向慕容思炫和夏寻语解说："山庄中的那些动物，平时都是住在猛兽园中的，只有在马戏表演时，才会被带到剧场这边。"

在走到猛兽园的大门前方时，甄俊杰的手机忽然响了。他拿出手机时，站在他旁侧的思炫向手机的屏幕瞥了一眼，原来是微信的视频聊天邀请，邀请者的备注名是"俊刚"。

思炫记得在冷辞答死亡事件的侦查卷宗里有提到，甄三祥的次子、甄俊杰的弟弟，就是叫甄俊刚。

甄俊杰接受了邀请。霎时间，出现在他的手机屏幕中的，正是他的弟弟甄俊刚——一个四十出头、神清目秀的男子。

甄俊刚此时所在的地方应该是室内，身后的墙上挂着一幅国画，思炫认得那是徐悲鸿的《梅花》。

"哥，几点要回来呀？"只听屏幕中的甄俊刚说道，"我现在约了一个女模特去打球，打完球我就回来，行不？"

甄俊杰冷冷地说："客人马上就到了，五点前必须回到山庄。"

"五点？"甄俊刚低头看了看手表，"现在都快三点了呀，我还在聚云轩这边呀。"

他所提到的"聚云轩"是位于 L 市城中心的一座单身公寓，距位于南山山顶的昕薇山庄接近两百公里。从聚云轩开车到昕薇山庄，至少需要两小时。

"所以你现在立即回来吧。"甄俊杰命令道。

"那个模特我约了好久的……"甄俊刚嘟囔道。

"五点前我没见到你，下个月的生活费就别领了。"甄俊杰冷然道。

"知道啦！我现在回来就是……咦？"甄俊刚有些好奇地问，"哥，你那边还有人？"

甄俊杰的手机摄像头拍到了他身后的思炫、夏寻语和周小飞。

"是驯兽师他们。"

"好像有个蛮漂亮的女生哦，我回来以后要介绍给我认识哦。"甄俊刚笑嘻嘻地说。

他指的是夏寻语。夏寻语鼻尖微钩，唇似樱桃，水灵灵的大眼睛如宝石般晶亮，确实是面目如画，楚楚动人。此时她听到甄俊刚称赞自己，脸上一热，低下了头。

"别废话，快回来。"甄俊杰结束了视频通话。

夏寻语好奇地问："甄先生，刚才那人是你弟弟？他不是住在山庄里的吗？"

甄俊杰向夏寻语看了一眼，有些冷漠地答道："他在聚云轩那边买了一个单位，偶尔会到那边住。"

"那他的老婆孩子是住在山庄，还是住在那边？"夏寻语的好奇心极为强烈。

然而她话音刚落，甄俊杰却脸色微变。但他立即恢复常态，冷冷地说："走吧，到猛兽园看看。"

五人进入猛兽园，只见这里果然养了不少凶猛的食肉动物：金钱豹、狼、巨蟒、鳄鱼、鬣狗、野猪，还有四五只藏獒。猛兽山庄，名不虚传，宛如一个小型的猛兽动物园。

在猛兽园的后门旁边，并排放着五个方形铁笼，每个铁笼中有一只动物，分别是一只南非狮、两只孟加拉虎和两只棕熊，它们自然就是每年马戏表演中的主角了。

周小飞先后跟那五只动物打招呼，除了一只正在睡觉的老虎没理会他外，其他四只动物都回应了他，看来这几天他跟动物们确实交流得不错。

在这五个铁笼旁边，还有一座绿色的小木屋，外墙上有一对木门。夏寻语好奇地问："这座木屋里也有什么动物吗？"

张禾笑了笑，走过去拉开了门闩，推开两扇木门。思炫和夏寻语一看，只见小木屋的面积不大，只有四五平方米，内墙也是绿色的，屋内没有动物，甚至连桌椅也没有，只是地上放着几个饲料袋。此时张禾一推开木门，一道阳光透过门口射在木屋的内墙上，呈现出一片耀眼的碧绿。

"这里只是饲料房啦。"张禾向夏寻语解说道。

这时候甄俊杰看了看手表，还差两分钟就到三点了，说道："好了，我要去会堂那边看看晚宴准备得怎样了。你们呢?"

"我想留下来，再跟它们交流一下。"周小飞说罢看了看那五个铁笼中的动物。

"那我们也留下来吧，思炫。"夏寻语想要看看周小飞怎样和动物们交流。

但周小飞却摇了摇头："不好意思，我想单独和它们交流一下，这对今晚的表演至关重要。要不你们先随甄先生他们回主馆那边吧，我待会儿去找你们。"

"好吧。"周小飞都这么说了，夏寻语当然也不强人所难。

于是，思炫、夏寻语、甄俊杰和张禾四人从后门走出了猛兽园。

走出猛兽园，思炫发现在猛兽园后方原来还有一座两层建筑。

"那里有人住?"思炫冷不防问道。

"什么?"张禾微微一怔。

思炫指了指那座两层建筑：“那里。住着一个单身男人？”

张禾吃了一惊：“你怎么知道？”

“因为某个房间的窗外挂着衣服，而且全部是男装。”他顿了顿，接着问，“是冷辞答住在那里？”

这一回连甄俊杰也稍感惊讶了：“你为什么知道冷辞答的事？你们到底是谁？”

思炫向他瞥了一眼，没有理他。

夏寻语连忙来打圆场：“是周先生告诉我们的啦，我们是周先生的助手嘛。”

甄俊杰“哼”了一声：“周小飞也不知道这件事。”

思炫冷冷地说：“你们突然高薪聘请驯兽师，周先生当然要查清楚事情的缘由。而要查到冷辞答意外被老虎咬死这件事，并非什么难事吧？”

甄俊杰黑着脸说：“反正你们好好完成今晚的马戏表演就是了，不要节外生枝。走吧！”

四人回到停在剧场大门前的观光车前方，乘坐观光车经过石桥，返回主馆。当他们回到主馆前方时，已经是下午三点零五分了。

第四章　两座墓碑

"老张，你带两位客人到副馆休息吧。"甄俊杰丢下这句话后，不再多瞧慕容思炫和夏寻语一眼，转身走向位于主馆旁侧的会堂。

今晚的寿宴，就是在那座会堂举行的。

等甄俊杰走远，张禾才轻轻叹了口气，一脸歉意地说："慕容先生，夏小姐，请你们不要介意大少爷的态度。"

夏寻语笑了笑："怎么会呢？反正我们明天就走了，或许以后也不会再见到他了，又何必为他生气？倒是张管家您在这儿工作，真是难为您了。"

张禾苦笑："夏小姐是个明白人呀。现在请随我到副馆来吧。"

不一会儿三人来到位于主馆后方的副馆，那是一座五层建筑。据张禾说，这是甄三祥在十多年前请施工队建造的，内有一百多间客房，足够接待每年前来参加寿宴后留下来过夜的宾客。而张禾等山庄内的佣人，平时也是住在这座副馆里的。

此时张禾把思炫和夏寻语带到副馆一层的两个客房前方以后，一边递给两人自己的名片，一边说道："请两位在这里稍作休憩吧，如果有需要，可随时打电话找我。"

张禾离开后，夏寻语进房放下行李，接着来到思炫的房间："思炫，现在要干什么？"

"副馆大厅挂着不少照片，我们去看看吧。"

两人来到副馆大厅，这里的墙上挂满了甄三祥和他家人的生活照。

"看这张。"思炫指着其中一张照片说道。

夏寻语一看，那是一个七十来岁的老者和那两只孟加拉虎的合照，照片中的老者站在两只老虎中间，伸手摸着其中一只老虎的头部。他虽然脸露笑容，故作轻松，但可以看出他的表情中略有紧张。

在老者身后，还站着一个男子，五十岁左右，一头浓密而漆黑的头发全往后梳。他的头发无比光亮，显然涂了发蜡。

"这个人是……"夏寻语指了指两虎中间的老者，"甄三祥？"

思炫点了点头："是的。"昨晚霍奇侠拿来的侦查卷宗中有甄三祥的照片。当然，事实上在网上输入甄三祥的名字，也能轻易找到他的照片。

"这张照片中甄三祥穿着外套，至少是去年冬天之前拍的吧？"夏寻语推理道，"如果当时甄三祥已经知道老虎会突然发狂咬死人，恐怕就不敢跟它们近距离合照了。"

她顿了顿，又指了指甄三祥身后的男子："那么这个人又是谁呢？"

"冷辞答。"思炫冷冷地说。

"哦?"夏寻语微微一怔,"他就是那个被老虎咬死了的驯兽师?这么年轻就死了,真可惜呀。"

思炫伸了个懒腰,打着哈欠说道:"走吧。"

"去哪?"

"后花园,就在这座副馆后面。"

"去那里干吗?"夏寻语不解。

思炫指了指另一张照片,那是甄三祥和一只雪獒的合照,背景是在一座花园中。

"这张照片怎么啦?"

"你看看左上角。"

"左上角……咦?"夏寻语发现离甄三祥不远处有两座墓碑。

两人走出副馆,来到副馆后方的后花园,找到了照片中的那两座墓碑。

左边的墓碑上刻着"夏小夕之墓",右边的墓碑上则刻着"爱妻蒋冬蕾之墓"。

思炫朝那两座墓碑扫了一眼,面无表情地说:"夏小夕之墓建造的时间要早一些。"

"这你也能看出来?"夏寻语一边说一边摸了摸夏小夕之墓,"我看两座墓碑好像差不多呀。"

就在这时,在两人身后传来一个森然可怖的声音:"别碰!"

夏寻语吓了一跳，回头一看，竟见身后站着一个七十出头、满头花白的老人。

这个白发老人的手上拿着一把用于园林修剪的大剪刀，看上去锋利无比。此时他用大剪刀直指着夏寻语，十分吓人。

夏寻语不由自主地躲到思炫身后，颤声问："你……你想怎样呀？"

白发老人缓缓地放下大剪刀，但语气仍然十分阴冷："今天是老爷的生日，你们碰墓碑不吉利。"

"嗯，不好意思。"夏寻语道歉。

白发老人语气稍微缓和了一些："你们是谁？为什么闯进后花园？"

"我们是周先生的助手。"夏寻语说。

"哪个周先生？"

"就是今晚主持马戏表演的那位驯兽师。"

白发老人"哦"了一声："你们就是刚头儿老张说的那两位住进了副馆的客人吧？"

就在此时，思炫指了指身后那座刻着"爱妻蒋冬蕾之墓"的墓碑，冷不防问道："蒋冬蕾，是不是甄俊刚的妻子？"

白发老人呆了一下，冷然答道："是。"

"甄俊刚？"夏寻语想了想，"就是甄俊杰的弟弟？原来他老婆死了呀？是怎么死的？"

白发老人看了夏寻语一眼，冰冷地答道："某天晚上，她抱着两岁大的女儿下山，不幸遭遇抢劫，被杀死了，女儿也失踪了。"

"唉！难怪刚才我问甄俊杰，他弟弟的老婆孩子是不是住在山庄时，他没有回答我……"夏寻语叹着气说，"原来曾经发生过这么悲惨的事呀。"

思炫追问："蒋冬蕾为什么在晚上抱着孩子下山？"

白发老人还没回答，他的手机响了起来。他拿出手机时，思炫朝手机屏幕瞥了一眼，来电者是"张管家"。

白发老人接通了电话，只听张禾的声音从手机中传出来："东方，现在到主馆大门来一下，到猛兽园那边帮帮忙。"

"哦，跟手儿就来。"白发老人答道。

"张管家？"白发老人挂掉电话后夏寻语向他问道。

"是。"

"你们现在到猛兽园去？"

"是。"

"思炫，我们也去看看吧。"

思炫点了点头，接着向那白发老人问道："你姓东方？是这里的园丁？"

白发老人"嗯"了一声："东方蓝。"

与此同时夏寻语看了看手表，此时已经是下午三点三十六分了，距离刚才众人离开剧场，已经半个多小时了。

第五章　窗边茶梅

当慕容思炫、夏寻语和园丁东方蓝来到主馆的大门前方时，张禾和山庄内的三名佣人已在等候。

夏寻语问张禾为什么要到猛兽园去。张禾说周小飞打电话给他，叫他找人过去帮忙把今晚要表演的动物们带到剧场去。

众人上了那台电动观光车，由其中一名佣人开车，一行人经过石桥，来到猛兽园的后门前。

众人走进猛兽园，只见周小飞正在和一只棕熊"聊天"。

"周先生，和它们交流得怎样啦？"夏寻语问。

众人离开猛兽园的时候是三点左右，而现在已经三点四十四分了，周小飞已跟动物们交流了大半个小时。

周小飞笑了笑："差不多了，挺顺利的。"

东方蓝是第一次见周小飞，愣了一下："你……你就是那驯兽师？"

周小飞点了点头："是的，我叫周小飞。请问您是……？"

张禾代替他答道："他是山庄的园丁，东方蓝。"

周小飞"嗯"了一声："东方先生，幸会幸会。"

但东方蓝没有理他，低着头，若有所思。

"好了，现在时间不早了，咱们把这些动物推到剧场去吧。"张禾说道。

装着狮子、老虎和棕熊的那五个方形铁笼，底部均有四个滚轮。接下来，众人合力把这五个铁笼推到剧场，放置在舞台中央那巨大的柱状铁笼旁边。柱状铁笼的周围有几扇小门，把方形铁笼的门对着柱状铁笼的小门，再把两扇门同时打开，动物就能从方形铁笼中进入柱状铁笼，进行表演。

完成了这项工作以后，思炫、夏寻语、周小飞、张禾、东方蓝和那三名佣人，乘坐观光车离开剧场，回到主馆。东方蓝和三名佣人各自离去。张禾则把周小飞、思炫和夏寻语三人带到副馆。

"周先生，这是你的房间。"张禾说道。周小飞的房间就在思炫的房间旁边。

"我知道了，张管家。"

"那我先忙去了，有什么事你们给我打电话吧。"张禾告别三人。

夏寻语看了看手表，此时的时间是下午四点十七分。

"现在才四点多呀？我们要做些什么好呀？"

"到主馆去看看。"思炫说。

"我也和你们一起到处逛逛吧。"周小飞说。

"你今晚要表演，不休息一下？"夏寻语问。

周小飞笑了笑："这种超级富豪所住的山庄，咱们平时哪有机会见到？难得来了，当然要好好参观一下。"

不一会儿三人来到主馆的大门前。夏寻语问:"思炫,我们来这里干什么呀?"她知道思炫指定要来这里,绝不只是随便逛逛。

果然,只听思炫一脸木然地说:"潜入甄俊刚的房间。"

周小飞微微一呆:"什么?潜入甄俊刚的房间?要干吗呀?"

"调查。"思炫语调冰冷。

"这……不太好吧?"周小飞有所顾忌。

夏寻语笑了笑:"周先生,别担心,我们只是进去看看,不会干什么坏事。"

"要看什么呀?"周小飞不解。

夏寻语的分析能力和推理能力本来都比较平庸,但她经常看着思炫侦破各种奇案,近朱者赤,耳濡目染,脑袋也变得越来越灵活。此时只听她说道:"思炫是想去解开甄俊刚之妻蒋冬蕾的死亡之谜吧。"

"啊?"周小飞轻呼一声。

"怎么了?"夏寻语问。

"甄俊刚?"周小飞定了定神,"就是甄俊杰的弟弟吧?他的老婆死了?什么时候的事?"

"我看应该有好些年了吧。"夏寻语猜测。

"原来是这样呀,"周小飞微微松了口气,"我还以为是最近发生的呢。"

接下来,夏寻语和周小飞在思炫的带领下,潜入了主馆二楼的某个房间。

"慕容先生，你为什么会知道这是甄俊刚的房间？"进房后周小飞问道。

思炫一边翻箱倒柜，一边答道："从副馆大门前望过来，可看到主馆内靠近副馆那边房间的窗户。我看到其中一个房间的窗台上，放着几盆茶梅……"

思炫说到这里转头指了指这个房间的窗台——果然放着几盆梅花："就是这个房间。我因此推测这是甄俊刚的房间。"

"为什么？"夏寻语不解，"茶梅跟甄俊刚有什么关系吗？"

"甄俊杰跟甄俊刚视频通话的时候，我看到甄俊刚所在的聚云轩的房间里的墙上挂着一幅国画——《梅花》，因此猜测甄俊刚喜欢梅花……"

周小飞喃喃地说："梅花呀……"

就在这时，思炫的声音戛然而止，他把目光停留在摆放在书桌上的一个相框之上。

"有发现？"夏寻语走过来问道。

思炫指了指那个相框。夏寻语一看，相框中有一张照片，那是甄俊刚和一个二十岁左右的美貌女子的合照，甄俊刚手中还抱着一个一岁左右的女婴。

"这女子就是甄俊刚的老婆蒋冬蕾？好漂亮呀！好年轻呀！看样子比我还要小几岁呢。"夏寻语由衷说道。

"根据甄俊刚的容貌可推断，这张照片应该拍摄于六七年前。"思炫说道。

"当时蒋冬蕾还没被杀，他俩的女儿也还没失踪，唉……"夏寻语轻轻叹了口气，"人有旦夕祸福呀！"

她顿了顿，接着说："我还以为那个甄俊刚是个花花公子，没想到原来是个深情之人呀。"

"深情？就因为他把亡妻的照片放在房间里？"周小飞冷笑，"他今天本来还约了女模特去打球呢。"

在两人交谈的同时，思炫已在查看书桌的抽屉。这时，他在抽屉中找到了一张借据。

那是甄俊刚向高利贷借了五百万元的借据，借据表明在4月25日（即六天后），甄俊刚要连本带利还给放贷者六百五十万。

此外，思炫还在那个抽屉里找到了澳门某赌场的两个筹码。

夏寻语也看到了借据，不解地说："甄俊刚的爸爸这么有钱，为什么还要向高利贷借钱呢？"

"因为他没有收入，每个月靠甄俊杰给他生活费。"思炫说。

"你为什么知道？"

"你忘了甄俊杰在跟甄俊刚视频聊天时，曾对他说，如果五点前没回来，下个月就不给他生活费了吗？"

"噢！对哦！"

思炫把借据和筹码放好，伸了个懒腰，淡淡地说："现在到猛兽园后面那座房子去看看。"

"要看什么？"夏寻语问。

思炫转头看了她一眼，一字一字地说："冷辞答的房间。"

第六章　死亡之谜

三人走出主馆，经过石桥，步行到猛兽园后方的那座两层建筑，来到了冷辞答生前所住的房间。

房间不大，摆放杂乱。慕容思炫一进房间就往房内的洗手间走去。夏寻语在后头问："你到底要找什么？"但思炫没有回答。

周小飞忍不住问："慕容先生经常这样吗？"

夏寻语也没问他指的是思炫经常潜入别人的房间，还是总是不回答别人的问题，只是苦笑："习惯了就好。"

当夏寻语和周小飞走到洗手间门前时，思炫却已从洗手间出来，冷冷地说："冷辞答确实是被杀的。"

"为什么？"夏寻语问。

"副馆大厅的那些照片中，其中十七张拍到了冷辞答。而在那十七张照片中，每一张冷辞答都涂了发蜡。由此可见，冷辞答习惯每天都涂发蜡。

"然而，冷辞答的房间里，却没有找到发蜡或定型喷雾。房间杂乱不堪，可见冷辞答死后，没有人来整理过他的物品。既然如此，为什么他的房间里没有发蜡？"

思炫说到这里咬了咬手指，冷冷地续道："因为，发蜡被凶手拿走了。"

"凶手为什么要拿走发蜡？"夏寻语问。

"你认为呢？"思炫看了她一眼，反问道。

"我怎么知道……"夏寻语说到这里，突然换了一种冰冷的语气，"血液。"

严格来说，说出"血液"两字的已非夏寻语，而是夏寻语的后继人格夏孤月了。

夏寻语是一个人格分裂患者，主体人格是夏寻语，后继人格则是智商极高的夏孤月。每当夏寻语遇到各种她所无法解开的难题时，人格就会转换，夏孤月就会"出来"。

思炫点了点头："是的，血液。凶手潜入冷辞答的房间，在他平时用的发蜡中注入血液。那天冷辞答涂上发蜡后，头发便会散发出血液的味道。

"瑞典的研究人员曾在一个野生动物园中，对西伯利亚虎等四种食肉动物做过一个实验：把一些圆木分成四堆，每堆分别浸泡一种液体，这四种液体分别是，会散发出血液味道的某种醛类化合物、马血、水果香精和一种近乎没有气味的溶剂。接着他们把这些圆木分别放置在动物们经常出没的区域。最终的实验结果是，那些食肉动物对浸泡过醛类化合物和马血的圆木极感兴趣，而对于另外两种圆木则毫无反应。

"数天前，冷辞答在训练孟加拉虎时，其中一只老虎闻到他头发中散发出来的血液味道，所以突然发狂，把他的头颅啃掉了。

"事后，凶手为了毁灭证据，再次潜入冷辞答的房间，把那瓶被注入了血液的发蜡带走了。所以，冷辞答的死并非意外，而是一场谋杀。可惜这样的手法，一目了然，毫无技术含量。"

周小飞颤声道："太恐怖了！"

夏孤月则问："沈莫邪干的？"思炫曾告诉过她自己两次被卷入沈莫邪生前布下的杀局、和这个死人展开激烈的博弈等事。

但此时思炫还没回答，却听房外一个女子说道："你的推测很有道理，我也认为冷辞答是被谋杀的。"

三人一看，只见房外站着一个戴着眼罩、蒙着面纱的女子。正因为眼罩和面纱几乎遮盖了她的全部面容，所以思炫等人无法判断她的年龄。

"谁？"夏孤月冷冷地问。

"我姓白，是甄老的朋友。"面纱女子白小姐一边说一边走进房内。

"你为什么也认为冷辞答是被杀的？"周小飞问。

"当天我刚好也在剧场，和甄老一起观看冷辞答训练老虎，亲眼看着那只老虎啃掉了冷辞答的头颅。在警方到场前，我查看过冷辞答的尸体，发现他的衣服上有一股血腥味。"

夏孤月"哦"了一声："不仅在发蜡中注入血液，连冷辞答所穿的衣服也在血水中浸泡过，双重保险，这个凶手确实谨慎。"

"你为什么要戴着眼罩和面纱？"思炫突然向白小姐问了一个和当前的话题毫无关系的问题，接着他又指了指白小姐戴在手上的白手套，"又为什么要戴着手套？"

白小姐呵呵一笑，指了指周小飞："那这位先生又为什么要戴着面具呢？"

"他……他自然有他的理由，你不想说就算了，何必去说别人？"

说这句话的是夏寻语。冷辞答被杀之谜解开了，夏孤月便"回去"了。

周小飞向夏寻语投去感激的目光。

夏寻语接着看了看手表："哎呀，不知不觉已经五点啦，晚宴马上就要开始了吧？要不我们回主馆那边吧。"

就这样，思炫、夏寻语和周小飞，以及算是刚认识的白小姐，四人走出那座房子，向石桥走去。途中夏寻语向思炫问道："对了，思炫，你刚才还没说，凶手为什么要拿走冷辞答的发蜡？"由夏孤月控制着身体时，夏寻语是没有意识和记忆的。

"刚才不是说过了吗？"周小飞一脸疑惑，"因为凶手在发蜡中注入了血液，还把衣服浸泡在血水中呀。"

"是吗？我没听到呀。这么说，老虎是因为闻到冷辞答头发中散发出来的血液味道，而把冷辞答的头颅啃掉的？好可怕呀！"夏寻语声音微颤。

不知夏寻语患有人格分裂的周小飞和白小姐，不约而同地向夏寻语投来奇怪的目光。而思炫则一言不发，从口袋中掏出一个装满了水果软糖的透明塑料袋，抓起一把软糖一股脑儿地塞到嘴里，大口大口地咀嚼起来。

第七章　狮虎之战

四人经过石桥，回到主馆前方的花园，只见此时有数人站在山庄的大门前。

最引人注目的是其中一个七十来岁、穿着大红色唐装的老人，他正是昕薇山庄的主人、达克集团的董事长——甄三祥。

站在甄三祥旁边的是他的长子甄俊杰。

除此以外，其他站在山庄大门前的人分别是：甄三祥的妻子、甄俊杰的妻子和两个孩子，以及山庄内的数名佣人。

前来参加寿宴的宾客已陆续到达，他们正在迎接客人。

此时来了数名客人。他们跟甄三祥等人寒暄过后，由一名佣人带到主馆旁边的会堂就座。

这几名客人被带走后，甄俊杰走到一边，对着手机冷冷地说："客人已经陆续到达了，你怎么还没回来？"

思炫、夏寻语和周小飞走到甄俊杰跟前。周小飞问："甄先生，你弟弟还没回来？"

甄俊杰瞥了他一眼，淡淡地说："对呀，打他电话也没接，发微信也没有回复。唔，马戏表演准备得怎样了？"

"已经把要表演的动物都带到剧场那边了，一切顺利。"

"那就好。好好干，到时除了支付报酬，我还会给你们每人一个额外的红包。"

周小飞喜道："谢谢你，甄先生。"

"你们先到会堂那边去吧，晚宴马上就开始了。"

甄俊杰话音刚落，刚带走一批客人的老管家张禾刚好回到山庄大门。甄俊杰向他招了招手："老张，你把周先生他们带到会堂去吧。"

"是的，大少爷。"

"咦，白小姐呢？"夏寻语左右张望，发现刚才跟他们一起行动的白小姐不知道什么时候离开了。

"在那边。"思炫指了指远处的甄三祥。原来白小姐正在跟甄三祥交谈。

"周先生，慕容先生，夏小姐，这边请。"张禾彬彬有礼地说。

在前往会堂的途中，思炫突然向张禾问道："甄俊杰和甄俊刚关系怎样？"

张禾微微一怔："啊？你问我吗？什……什么怎样？"

"有冲突吗？"

"没有呀，他们兄弟两人关系不错呀。"

"甄俊刚没有工作，对吧？他每个月的生活费是由甄俊杰提供的，对吧？"

张禾点了点头："是呀。"

思炫又问："甄俊刚经常去澳门赌钱？"

"对呀。"张禾有些疑惑，"慕容先生，你是怎么知道这些事的？"

已经从张禾身上得到了自己需要的信息的思炫，没有回答张禾，甚至不再多瞧他一眼了。夏寻语见张禾有些尴尬，连忙来打圆场，和他闲谈起来。

到达会堂时，会堂里的客人还不多。思炫、夏寻语和周小飞三人在一张空桌旁坐下。过了一会儿，一个人走过来，问道："我也坐这桌，你们不介意吧？"三人抬头一看，原来是那位蒙着面纱的神秘女郎白小姐。

夏寻语不太喜欢她。但周小飞却热情地说："当然不介意，请坐吧。"

白小姐坐下后，周小飞跟她拉起了家常："对了，白小姐是干什么职业的？"

白小姐嘿嘿一笑："这个可要保密哦！"

周小飞又问："白小姐是甄老的客户？"

白小姐又是一笑："应该说甄老是我的客户才对，哈哈！"

"为什么？"夏寻语好奇地问。

"猛兽园中有一只老虎和一只棕熊，还有那些金钱豹啊巨蟒啊鳄鱼啊什么的，都是我卖给甄老的。"

夏寻语吃了一惊："真的？白小姐你是怎么弄到这些动物的？你是动物园的人？"

"这个也要保密，嘿嘿！"

到了傍晚六点半，前来参加寿宴的客人已基本到齐了，足有三四百人。

而甄三祥、甄三祥的妻子、甄俊杰、甄俊杰的妻子和两个孩子，也已经离开山庄大门，来到会堂。

思炫朝他们所坐的那一桌瞥了一眼，冷冷地说："甄俊刚还没回来。"

"会不会是堵车呢？"夏寻语猜测。

周小飞冷笑："或许正在跟那个女模特打得火热吧！"

不一会儿晚宴开始，佣人们陆续送上菜肴。

白小姐摘掉面纱吃了起来。思炫斜眉一蹙，紧紧地盯着她的脸，若有所思。

"思炫，吃饭啦……喂？"夏寻语在他耳边低声问道，"你在看什么呀？"但思炫没有回答。

接近八点时，晚宴结束。会堂内的广播响起，请宾客们移步剧场，欣赏马戏表演。

大家三五成群、陆陆续续地离开会堂，经过石桥，来到剧场内。思炫、夏寻语和周小飞也随宾客们来到了剧场。

八点半，所有宾客就座，表演正式开始。

周小飞走进了舞台中间那个巨大的柱状铁笼中，而思炫和夏寻语则在铁笼外协助。

此时装着狮子、老虎和棕熊的那五个方形铁笼的门，分别跟柱状铁笼的五扇小门重叠在一起。

周小飞首先让夏寻语帮忙打开一个装着棕熊的方形铁笼的门，以及柱状铁笼上相对的小门，把那只棕熊放进柱状铁笼中。接下来，在周小飞的指挥下，棕熊顺利完成了骑滑板车和走钢丝的表演。

在观众们热烈的掌声之后，周小飞宣布："大家期待已久的狮虎斗，现在开始！"

霎时间，剧场内人声鼎沸。

与此同时，周小飞首先让那只棕熊回到小铁笼中，接着自己也走出了那柱状铁笼，并向夏寻语做了一个手势。夏寻语会意，打开了装着那只五天没有进食的孟加拉虎的方形铁笼，只见它缓缓地走到了柱状铁笼中间。

激烈的狮虎大战即将开始了。观众们紧张得屏住呼吸。

周小飞又向位于柱状铁笼另一边的思炫挥了挥手。思炫打了个哈欠，慢条斯理地把那个装着南非狮的铁笼打开。这只南非狮也被饿了五天，铁笼一打开，它便冲进柱状铁笼，对着那孟加拉虎发出了惊天动地的吼声。

这惊天动地的叫声，让观众们吓了一跳。

孟加拉虎也不甘示弱，紧接着也发出一声嘶吼，震耳欲聋。

有些胆小的观众此时甚至想要退场了。

接着，周小飞把一块生肉从柱状铁笼的空隙中扔了进去。霎时间，林中之王和草原霸主为了争夺那块生肉而撕咬起来。

这场热身战，是孟加拉虎略胜一筹——毕竟它的对手是一只高龄的老狮子。但它虽然抢走了那块生肉，却不敢吞咽，紧紧地盯着南非狮，生怕它随时发动攻击。

那南非狮没能抢到食物，恼怒之极，全身的鬃毛都竖了起来。真正的大战，一触即发。

周小飞知道时机成熟了，按下按键，霎时间，柱状铁笼顶部的那个黑色铁箱的盖子打开了，一个黑影从铁箱中掉下来，"啪嗒"一声，落在地上。

然而，令众人大惊失色的是，从铁箱中掉下来的，竟然不是山羊，而是一个人！

那人躺在地上，一动也不动。

大家还没反应过来，狮子和老虎已开始疯狂地撕咬那个人的身体。

观众们失声惊呼，四散奔逃，剧场内乱作一团。

夏寻语吓得跑到思炫身边，惊慌失措地问："思炫，怎么回事呀？山羊怎么会被换成了人？"

思炫冷冷地说："是甄俊刚。"

"什么？"夏寻语定睛一看，从铁箱中掉下来的人，果然貌似甄家二少爷甄俊刚。

这时候，周小飞和山庄内的几名佣人合力用高压水柱喷射狮子和老虎，把它们赶回方形铁笼中。思炫走进柱状铁笼，来到甄俊刚那已被咬得千疮百孔的身体前，蹲下来稍微查看了一下，用毫无抑扬顿挫的语气说道："死了，不过不是被狮子和老虎咬死的，他从铁箱中掉下来的时候，就已经是一具尸体了。"

第八章　警察到场

数十分钟后，刑警、法医和勘验组的侦查员到达现场。负责带队调查这宗案子的是 L 市刑警支队的副队长韩若寻。

法医检查过尸体后向韩若寻报告道："韩副队长，死者的死因是头部遭到钝器重击，死亡时间是今天下午两点半到三点半之间。"

站在一旁的夏寻语听到法医这么说，不禁说道："这么说，他是在山庄外被杀的？"

韩若寻"咦"了一声："为什么这么说？"他跟慕容思炫和夏寻语都是认识的。

"因为他在下午两点多的时候还在聚云轩呀。"夏寻语接着把甄俊杰和甄俊刚在猛兽园外视频通话的事告诉了韩若寻。

韩若寻听完以后思索了一会儿，走到甄俊杰跟前，说道："甄先生，能让我看看你的手机吗？"

在确认了从铁箱中掉下来的尸体是甄俊刚后，甄三祥伤心欲绝，甄三祥的妻子更晕了过去，最后由甄俊杰的妻子以及两个孩子陪同两老返回主馆，剧场里就只留下甄俊杰和几名佣人。

此时甄俊杰正在为弟弟的死而黯然神伤，但仍然十分配合，把手机交给韩若寻。韩若寻打开微信，查看他跟甄俊刚的聊天记录，只见最后那次视频通话的结束时间是今天下午两点四十六分，和夏寻语的叙述吻合。

与此同时，夏寻语分析道："从聚云轩开车回到昕薇山庄，至少要两个多小时吧？甄俊刚在三点前还在聚云轩，也就是说，无论是活人还是尸体，都至少要到五点才能回到山庄。法医说死亡时间是三点半之前，可见他应该是在回来的途中被杀死的。"

周小飞认同夏寻语的推理："凶手杀死甄俊刚后，开车把他的尸体运回山庄——当时肯定是下午五点之后了，接着趁山庄内的人不留意，把尸体送到剧场，替换原来放在铁箱中的活羊。"

老管家张禾点了点头："五点之后，大家都在主馆这边忙活儿，剧场那边没人，要把尸体运进去，确实不难。"

"把车开进山庄不会被发现吗？"韩若寻问。

"凶手会不会是趁大家到会堂吃晚饭的时候偷偷进来的？"夏寻语推测道。

"不会，晚宴时，我们也有工作人员守着山庄大门。不过，"张禾话锋一转，"凶手可以绕远路，从后山那边前往剧场，不需要经过山庄大门，也不需要经过那座连接主馆和剧场的石桥。"

韩若寻想了想，打电话回刑警支队请求增援："聚云轩那边有可能是第一凶案现场，请派人过去调查。"

同一时间，思炫走到甄俊杰身旁，冷不防问道："甄俊刚最近有向你借钱吗？"

甄俊杰微微一怔，答道："没有呀。怎么啦？"

思炫没有回答，又问："那他有提出到达克集团工作吗？"

"咦，你咋知道？"

"结果呢？"

"我拒绝了，他根本不是做生意的料子。"

思炫"哦"了一声，转身走开了。

因为发生了谋杀案，本来计划在昕薇山庄留宿的宾客们纷纷离开。最后留下来的，就只剩下思炫、夏寻语和周小飞三个人。

十点半的时候，三人离开剧场，前往副馆休息。在经过石桥之时，只见一人站在桥头。

是那个戴着眼罩、蒙着面纱的神秘女郎白小姐。

"白小姐？你还没走吗？"夏寻语问。

白小姐没有回答她，只是紧紧地看着思炫，说道："杀死甄俊刚的凶手，和杀死冷辞答的凶手，很有可能是同一个人。你认为呢？"

思炫答非所问："你的手套给我看一下。"

白小姐呆了一下："为什么？"

"左手的手套。"思炫补充。

白小姐"噢"了一声，若有所悟："下次吧。"没等思炫答话，便已转身离去。

"你叫她把手套给你看看是什么意思？"夏寻语不解地问。

但思炫没有回答，抓了抓那杂乱不堪的头发，一脸木然。

第九章　夜访园丁

夜深人静。夏孤月"出来"了。

她走出房间，只见思炫就蹲在门外，正玩着九连环。此时他已解开了八个。

"在等我？"夏孤月冷冷地问。

"废话。"他抬头向夏孤月瞥了一眼，"夏寻语'睡'了？"

“废话。”夏孤月微微吸了口气，开门见山地问，“你对白小姐说要看她的手套是什么意思？”

“你还记得我带回出租屋的那个女人吗？”

“才多久前的事？我又不是失忆。”

“一边走一边说吧。”思炫收起了九连环。

接下来，他把神血会和反神会的事，一五一十地告诉了夏孤月。

“我不久前带回来的那个女人，名叫穆雨墨，就是反神会的成员之一。”思炫的语气犹如寒潭之水，似乎正在叙述和自己毫无关系的事。

“那你呢？”夏孤月问。

思炫向她看了一眼，一字一字地说：“我是反神会的继承者。”

“哦？”

“我和穆雨墨来到 L 市，就是为了追查神血会四名成员的下落的。但我们到达 L 市没多久，穆雨墨就失踪了。”

“是被神血会抓走了？”

“是。”

夏孤月已经明白了：“你怀疑白小姐就是神血会中的‘牛头’南宫听梦？”

“是。”思炫顿了顿，补充道，“但我只见过南宫听梦二十年前的照片，当时她还不到四十岁，而且白小姐戴着眼罩和面纱，所以我也不肯定她是不是南宫听梦。”

"她的左手上有什么记号吗？"夏孤月问。

"是的，神血会成立之初，四名成员为表决心，各自在左手手背上纹上了和自己外号一致的纹身。南宫听梦的左手手背上有一个牛头纹身。"

"根据白小姐刚才在石桥时的反应可以推测，她便是南宫听梦无疑了。"夏孤月肯定地说。

"沈莫邪和神血会联手呀。"思炫打了个哈欠，"司徒门一、鬼筑、神血会、沈莫邪，L市都快成为罪恶都市了。"

"如果哪天，你被他们任意一方杀死了，我会……"

"卖掉我的糖？"

冰冷如水的夏孤月听到思炫这样说，不禁莞尔，但转瞬之间，神情又恢复冷漠："我会让'他'代替你，继续和这些人战斗。"

"'他'？"思炫斜眉一蹙。

夏孤月却没有解释："走吧，虽然白小姐就是南宫听梦，但她不是凶手。夜，正是寻找真相的最佳时刻。"

两人聊到这里的时候，已经走到园丁东方蓝的房门前了。

思炫门也不敲，直接扭动门把手。房门并没有上锁，"咔嚓"一声，门打开了。

东方蓝尚未入睡，正坐在窗边发呆，听到开门声，吓了一跳，猛地回头："谁？"

思炫劈头就说："继续说你在后花园还没说完的话吧。"

东方蓝看清楚了来者是思炫和夏孤月（他以为是夏寻语），微微松了口气，接着又有些疑惑地问："什么话？"

夏孤月提醒他："你说，某天晚上，甄俊刚的妻子蒋冬蕾抱着两岁大的女儿下山，不幸遭遇抢劫被杀，女儿也失踪了，但并未说她为什么在晚上抱着女儿下山。"她可以共享夏寻语的记忆。

"是说这件事呀……"东方蓝想了想，"据说，当时蒋冬蕾和甄俊刚吵架了，吵得很厉害，一气之下，就抱着女儿下山了。"

"回娘家吗？"夏孤月问。

东方蓝摇了摇头："我听老张说，蒋冬蕾没有娘家呀。"

思炫和夏孤月对望了一眼。夏孤月接着问："为什么？"

"因为，蒋冬蕾的母亲也死了，他的父亲则在监狱中。"

"母亲死了？"思炫想起了蒋冬蕾墓碑旁边的那座"夏小夕之墓"，"她的母亲叫夏小夕？"

东方蓝有些惊讶："你们到底是谁？"

思炫冷然道："接着说。"

他的声音虽然不大，却带着一股让东方蓝所无法违抗的力量。东方蓝深深地吸了口气，把他从老管家张禾口中得知的事情娓娓道来。

有一个名叫蒋耀的男子，经营着一个流动马戏团。他带着妻子夏小夕、女儿蒋冬蕾和助手全国巡回演出，过着颠沛流离的生活。

他的助手，就是后来在昕薇山庄当驯兽师的冷辞答。当时冷辞答也是马戏团里的驯兽师。

十年前，蒋耀、夏小夕、蒋冬蕾和冷辞答四人，带着一只南非狮、一只孟加拉虎和一只棕熊，来到 L 市演出。

刚好昕薇山庄的主人甄三祥在次子甄俊刚的陪同下，观看了他们的马戏表演。

几天后，数名警察突然来到蒋耀他们的表演场地，说收到匿名举报，要进行搜查。最后他们在蒋耀的行李中搜出冰毒、K 粉、大麻、神仙水等一大批毒品。

蒋耀因为藏毒被捕。

刚好冷辞答跟那天前来观看表演的甄俊刚是老相识。蒋耀被捕后，冷辞答对六神无主的夏小夕建议："老板娘，不如我们找俊刚帮忙吧，他爸认识不少人，可以找到律师帮阿耀打官司。"

夏小夕在 L 市人生地不熟，也确实没有其他办法了，只好带上女儿蒋冬蕾，以及马戏团中的三只动物——狮子、老虎和棕熊，跟着冷辞答来到昕薇山庄，投靠甄俊刚。

甄俊刚十分热心："我跟老冷是老朋友了，你们安心在这儿住下来吧，我一定会叫我爸找律师帮你们的。"

然而祸不单行，在冷辞答、夏小夕和蒋冬蕾搬进来的第一个晚上，竟有劫匪偷偷进入昕薇山庄，潜入了夏小夕的房间，抢走了她的所有财物，还杀死了她。

甄三祥跟夏小夕虽然只有一面之缘，但看到她客死他乡，十分同情她的遭遇，于是把她埋葬在后花园，让她安息。

不久以后，蒋耀的官司也败诉了。法院最终以非法持有毒品罪，判处蒋耀有期徒刑十年，并处罚金三万元。

后来，无家可归的冷辞答和蒋冬蕾，就在昕薇山庄住了下来。马戏团解散了，那三只动物，也顺理成章地留在了昕薇山庄。

思炫听到这里问道："当时蒋冬蕾几岁？"

"应该是十七八岁吧。"

"后来呢？"夏孤月问，"蒋冬蕾为什么会跟甄俊刚结婚了？"

"父亲被捕，母亲惨死，蒋冬蕾根本无法承受这样的打击。甄俊刚见她每天以泪洗面，就陪在她身边，安慰她，照顾她，两人因此产生了感情吧？虽然甄俊刚比蒋冬蕾大十多岁，但最终两人还是走到一起了。过了两年，他们还生下了一个女儿。"

东方蓝说到这里顿了顿："明白了吗？蒋冬蕾的父亲在监狱服刑，母亲夏小夕又死了，所以我刚头儿才说，蒋冬蕾没有娘家。"

"具体说说夏小夕被潜入山庄的劫匪杀死了这件事吧。"夏孤月说。

思炫注意到，夏孤月话音刚落，东方蓝脸上的肌肉突然狠狠地抽搐了一下。

"我……"他的声音有些颤抖，"详细情况我也不清楚。夏小夕被杀的时候，我还没到山庄来。"

他顿了顿，最后补充道："你们如果真的要知道，就去问问老张吧。"

第十章　尘封往事

走出东方蓝的房间，思炫和夏孤月又来到老管家张禾的房前。

思炫径自扭动门把手，却发现房门上了锁。于是他连续拍了三下门。

房内无人应答。思炫又拍了三下，房内才传出一个疲倦中略带恐惧的声音："谁啊？"

那正是管家张禾的声音。

"慕容思炫。"

"哦？请稍等。"

片刻以后房门打开，张禾探出头来："慕容先生？还有夏小姐？这么晚了来找我有什么事吗？"

"进去再说。"思炫不容对方拒绝，没等他回答，已走进房内。夏孤月紧随其后。

"请问有什么事吗？"虽然在休息时间被打扰，但张禾的语气仍然十分和善。

"我来向你问一件事。"思炫冷冷地说。

"什么事？"张禾有些好奇。

"夏小夕之死。"

"啊？"张禾轻呼一声，慌慌张张地说，"我忘了！这么多年以前发生的事，我真的记不起来了！"

"但你却一下子就能想起谁是夏小夕。"思炫那呆滞无神的目光，突然变得锐利起来，紧紧地盯着张禾的双眼。

张禾不敢跟他对望，低下了头："我……我只记得大概情况。"

"说。"

"你们既然问起夏小夕，那应该也知道她的丈夫蒋耀和她的女儿蒋冬蕾吧？应该也知道蒋耀藏毒被捕的事吧？唔，那应该是冷辞答、夏小夕和蒋冬蕾三人搬到山庄暂住的第二天早上吧，冷辞答到夏小夕的房间叫她吃早餐，却发现她躺在床上，赤身裸体，一动也不动。她的女儿蒋冬蕾也在房内，横躺在地。

"冷辞答马上把我们叫来。后来我们发现夏小夕已经死亡了，而蒋冬蕾也受了重伤，奄奄一息。老爷吩咐我立即报警和呼叫救护车。

"不一会儿救护车就到了，对蒋冬蕾实施抢救。紧接着，警察也来到山庄。后来警察通过调查，发现夏小夕死前曾被强暴，而且，她行李中的现金也全部不见了。警方认为这是一宗劫财奸杀案。

"他们认为当时的情况是这样的：一个劫匪潜入山庄盗窃，无意中闯进夏小夕的房间，惊动了夏小夕，劫匪发现夏小夕长得漂亮，色心大起，把她强暴后杀人灭口。刚好那时，蒋冬蕾到房间找母亲，目睹母亲被害的过程。劫匪于是重击蒋冬蕾的头部，想把她也杀死……"

夏孤月听到这里问道："这么说，蒋冬蕾看到了劫匪的样貌？"

张禾摇了摇头："蒋冬蕾醒来后，只记得自己到母亲的房间找母亲这件事，对于后来发生的事，却毫无印象。医生认为，蒋冬蕾一来目睹母亲遇害，惊吓过度，二来头部受创，因此患上了局部性失忆症。"

接下来夏孤月又问了张禾几个问题，但张禾都没能提供有价值的信息。离开房间前，思炫最后向他问道："关于夏小夕之死，你真没有什么想说了吗？"

张禾微微一惊："我……我知道的真的就只有这些了……"

思炫"哦"了一声，转过身子，头也不回地走出了房间。

夏孤月快步追上来："你怀疑他？"

思炫没有回答，只是说："到剧场那边去看看。"

"是要去猛兽园后方那座两层建筑？"夏孤月问。她说的就是冷辞答生前所住的那座房子。

思炫转头朝夏孤月看了一眼："你也认为是那里？"

夏孤月借用了思炫的话："这不是显而易见的吗？"

两人走出副馆，前往猛兽园，在经过石桥的时候，却看到昕薇山庄的主人甄三祥坐在桥头，两手抱头，低声抽泣。

两人走到甄三祥身前。甄三祥听到脚步声，微微一怔，抬头一看，疑惑地问："你们是……？"

"驯兽师周小飞的助手。"夏孤月答道。

"哦……"甄三祥显然对他俩没什么兴趣，又低下了头。

"我可以帮你揪出杀死你儿子的凶手。"思炫突然说道。

"什么？"甄三祥再次抬起头，"揪出凶手？"

"是。"

"要怎么做？"甄三祥咬着牙问。如果真的可以把杀害甄俊刚的凶手揪出来，他一定要把这个凶手碎尸万段。

"只要你回答我几个问题。"

"你问。"

甄三祥本以为眼前这个男青年会问自己一些跟甄俊刚有关的事，没想到思炫却问："你很喜欢动物吗，特别是狮子、老虎这类大型食肉动物？"

甄三祥怔了一下："这……对呀。"

"是从什么时候开始喜欢的？是从十年前看完蒋耀、冷辞答表演的马戏之后？"

甄三祥皱了皱眉："你为什么会知道蒋耀的事？"

"你只需要回答我。"

甄三祥是达克集团的董事长，万人之上，什么时候有人敢这样跟他说话？他"哼"了一声："你说你能揪出凶手，但我凭什么相信你？我甚至连你叫什么名字都不知道。"

思炫从口袋里掏出一个白色的烟盒，扔给甄三祥："这个押在你这里。只要你回答完我的问题，我必定可以在十二个小时内揭开凶手的身份。如果我没有做到，你就不用还给我了。"

甄三祥掂了掂烟盒，沉甸甸的，不像是放着香烟，猜测烟盒里应该是放着一些对这个男青年来说比较重要的东西，于是点了点头："我喜欢动物，不是从那场马戏表演开始的。我在很小的时候，大概是七八岁吧，就十分喜欢动物了，经常幻想自己到森林探险，与各种猛兽为伍。"

"那蒋耀的马戏团中的狮子、老虎和棕熊被带到你的山庄，只是巧合？"

"也不能说是巧合吧，唔，应该说是天意。"

甄三祥长长地吁了口气，慢慢地道出了事情的始末。

甄三祥确实从很小的时候就喜欢动物了，只是后来逐渐长大，忙于学习和工作，心中逐渐淡忘了这个到森林与猛兽为伍的梦想。

十年前，在看完蒋耀和冷辞答的那场马戏表演后，在看到那些狮子、老虎和棕熊后，甄三祥心中封存已久的梦想被唤醒了。马戏表演结束后，他私下跟蒋耀联系，希望蒋耀可以把马戏团中那三只猛兽卖给他，让他带回山庄驯养。

他当时已是富甲一方的企业家了，出价当然不低。但蒋耀却拒绝了："对不起，甄先生，我喜爱这些动物，我热爱马戏团表演事业，无论你出多少钱，我都不会把它们卖给你的。"

甄三祥遗憾离去。

在回家的路上，甄三祥闷闷不乐。甄俊刚就说："爸，你想养狮子老虎，我帮你到动物园买几只就是了。"

"但我觉得我跟马戏团中那只狮子一见如故。"甄三祥认真地说，"它一直在看着我。"

"哈哈！老爸，你真逗，人和野兽怎么会一见如故呢？全部狮子都是一样的，我明天就去帮你买几只回来。"

"好吧，你去物色一下。"

然而当天晚上，甄三祥却做了一个奇怪的梦，梦见自己骑着马戏团的那只南非狮，遨游森林。

甄三祥是一个迷信的人。梦醒以后，他觉得这是马戏团那只南非狮在呼唤它，认定自己命中注定是那只南非狮的主人。于是他找甄俊刚再去跟蒋耀谈一次："无论多少钱，一定要把那只南非狮买回来。"

甄俊刚回来后告诉甄三祥，还是没能劝服蒋耀，但却发现蒋耀的助手冷辞答，原来是自己多年未见的老朋友。

"那你叫你老朋友再劝劝蒋先生吧。"甄三祥向甄俊刚吩咐。

几天后，甄三祥却收到消息：蒋耀因为藏毒被警方逮捕了。

接着甄俊刚来找他："爸，我那个姓冷的朋友想暂时住在我们山庄里。唔，我想帮帮他们，你看好吗？"

"相识一场，也是缘分，能帮就帮吧。"

就这样，冷辞答、夏小夕和蒋冬蕾，带着马戏团中的狮子、老虎和棕熊，来到了昕薇山庄。

甄三祥心中高兴，因为这只他梦寐以求的南非狮，终于来到了他的身边。他甚至想："如果他们一直住在这里，那这只狮子就能一直留在我——它命中注定的主人的身边了。"

但他万万没有想到，就在他们住进来的第一个晚上，蒋耀的妻子夏小夕就被劫匪杀死。后来蒋耀也被判处有期徒刑十年。无依无靠的冷辞答和蒋冬蕾，真的就在山庄住下来了。

南非狮以及孟加拉虎和棕熊，也如甄三祥所愿留了下来。

"当时我十分同情蒋耀夫妻的遭遇，但却又因为这些动物能留下来而有些窃喜。唉，我把自己的快乐建立在别人的痛苦之上，现在我的儿子死了，这就是报应吧？"甄三祥深信善恶终有报。

"然后你就把公司交给甄俊杰打理了？"思炫的提问已经接近尾声了。

"嗯，我每天看着冷辞答训练那些动物，不亦乐乎，再也没有心思打理公司了，索性就全部交给俊杰了。"

"后来你还建造了猛兽园和剧场，并且在寿宴中加入马戏表演环节？"

"是的。"

"我没有问题了。"思炫说罢看了看戴在右手上的黑色钢表，"现在是 2015 年 4 月 20 日凌晨一点三十八分，在今天下午一点三十八分前，我会把凶手揪出来。"

思炫和夏寻语走远后，甄三祥打开了思炫押在他这里的那个烟盒。

"什么玩意儿呀？"甄三祥一脸疑惑，"玩我吗？"

烟盒里装满了五颜六色的水果硬糖。甄三祥当然不知道，这些水果糖对于思炫来说，确实是十分重要的东西。

经过石桥，思炫和夏孤月来到猛兽园后方的那座两层建筑前。这座房子里除了冷辞答的房间，还有五个房间。两人逐一搜查这些房间。在找到第四个房间时，思炫在墙上发现了一根钉子。

"就是这里了。"

夏孤月"嗯"了一声："真相已经重现。"

两人返程途中，只见甄三祥已经离开了石桥。两人回到副馆，来到韩若寻的房间，找到了他。

"慕容？有事？"为了方便调查，韩若寻和他的下属们今晚都在副馆过夜。此时，他似乎还没睡。

"找人调查一下蒋耀。"

"蒋耀？那是谁？"韩若寻问。

思炫把蒋耀的事简略地跟韩若寻说了一遍，最后说道：

"他在十年前因为藏毒被判处有期徒刑十年，应该是今年刑满，你去查一下他释放了没有，如果释放了，查一下他现在的下落。"

"你怀疑甄俊刚的死跟他有关？"

"不光是甄俊刚，还有之前被杀的冷辞答。"

"冷辞答？"

思炫又把冷辞答的死亡事件以及自己的调查结果告诉了韩若寻。

"动机是什么？"韩若寻问。

"一切不是一目了然的吗？"思炫丢下这句话，再也不多瞧韩若寻一眼，转身离去。

夏孤月跟上，在他耳边悄声道："刚才你和韩若寻说话的时候，有一个人躲在附近偷听。"

思炫点了点头："我发现了，是东方蓝。"

"凶手的身份，你已经知道了？"

"差不多了。明天揭晓真相的时候你'出来'吗？"

"看情况吧。"

"或许让'他'出来？"

"'他'不会再出来了，在你死掉之前。"

此时两人已来到自己的房间前。夏孤月说完这句话，便头也不回地走进房内。思炫盯着房门，呆了好一会儿，才回到自己的房间。

第十一章　狮头人

早上，慕容思炫走出房间，看到夏寻语所在房间的房门虚掩，推门一看，房内没人。

思炫来到副馆大门前，刚好看到张禾走进来。

"慕容先生，早上好，我刚想去找你呢。请随我到主馆那边享用早餐吧。"

"你有看到夏小姐吗？"思炫问。

张禾点了点头："我刚才在花园看到她朝主馆大门的方向走去，我问她去哪里，她说想去看日出。"

接下来，思炫随张禾前往主馆。途中思炫拨打了夏寻语的手机，但她没有接听。

来到主馆，只见甄三祥、甄三祥的妻子、甄俊杰的妻子和两个孩子都在大厅，均沉默不语；而韩若寻和他的下属，以及园丁东方蓝，则在饭厅吃早餐。

张禾把思炫带到饭厅后就离开了。思炫在韩若寻旁边坐下。

"早呀。"韩若寻向思炫打招呼。

"查到了吗？"思炫劈头就问。

韩若寻点了点头，在他耳边低声说："蒋耀，T市人，他的父亲是马戏团的老板，后来他继承父业，经营着一个流动马戏团，从八十年代末开始，就带着妻女和助手冷辞答，在全国巡回演出。

"十年前他在 L 市演出期间，因为藏毒被捕。而在两个多月前，具体时间是 2 月 7 日，他刑满释放，出狱后下落不明。"

思炫点了点头，又问："甄俊杰呢？"

"今天一直没有见到他。"韩若寻似乎觉察到一些什么，"他怎么了？"

"凶多吉少。"

思炫话音刚落，忽听大厅传来一个女子的尖叫声。

思炫和韩若寻同时猛地站起来，快步来到大厅，只见甄俊杰的妻子拿着手机，而甄三祥夫妻和甄俊杰的两个孩子，则围在她的身后，看着她手上的手机。

刚才的叫声就是甄俊杰的妻子发出来的。

"什么事？"韩若寻问。

"狮……狮子……"甄俊杰的妻子声音颤抖。

思炫和韩若寻走过去一看，只见甄俊杰的妻子拿的手机的屏幕上，有一个头戴狮头面具、身穿白色长袍的人。

此时，日光刚好射在那狮头面具上，浓密的鬃毛被照得闪闪发光。

"什么情况？"韩若寻问。

甄俊杰的妻子定了定神："刚才俊杰在微信发起视频聊天邀请，我接受后，就看到这个人……"

韩若寻把手机拿过来，对那"狮头人"说道："你是谁？"

　　"狮头人"没有回答。

　　韩若寻又问："是甄俊杰吗？"

　　这时候，只见屏幕中的"狮头人"离镜头越来越远。看来，那人把手机装在一根自拍杆上，此时伸直了拿着自拍杆的手，所以身体逐渐远离镜头。

　　大家看到"狮头人"似乎身处室内，身后的墙壁是绿色的，墙边放着几袋动物饲料。墙前有一个方形铁笼，笼中有一只棕熊！而在铁笼前，有一个身体被五花大绑、嘴巴也被胶纸封住的人躺在地上，正是甄俊杰！

　　"啊？"甄俊杰的妻子失声大叫，"是俊杰！俊杰！俊杰！"

　　两个孩子也惊慌失措："爸爸！爸爸！"

　　甄俊杰听到妻子和孩子的叫唤，目光移向镜头，神情惶恐不安，看得出他在使劲挣扎，但身体终究动弹不得。

　　"警官，快去救我儿子！快啊！"甄三祥的妻子使劲拉扯韩若寻的衣服。

　　"你们冷静一些！你们山庄内总共只有两只熊，对吧？"韩若寻问。

　　"对！对！"甄三祥也手足无措，"快去救人！"

　　"这两只熊应该还在剧场里吧？"韩若寻转头向下属们吩咐，"马上到剧场去！"

"不对，"思炫抓了抓头发，漫不经心地说，"他们身处的地方，墙壁是绿色的……"

甄三祥大叫："是饲料房！是猛兽园中的那间饲料房！"他所说的就是猛兽园中那间只有四五平方的绿色小木屋。

就在这时，画面中的"狮头人"突然掏出一把银光闪闪的尖刀，插向甄俊杰的喉咙。霎时间鲜血四溅，与此同时甄俊杰脑袋下垂，再也不动了。

"啊——"甄俊杰的妻子晕了过去。紧接着，甄三祥的妻子也感到一阵昏厥，顺势倒在沙发上。

"这个'狮头人'就是凶手！"韩若寻下令，"立即前往猛兽园，将其逮……"

他还没说完，只见"狮头人"又拿出一个遥控器，按下了一个按键，刹那之间，手机中传来一阵爆炸声。同一时间，主馆外也传来一阵巨大的爆炸声。

声音似乎是从石桥那边传过来的。

最后，画面中的"狮头人"慢慢地打开那装着棕熊的铁笼的门。棕熊嘶吼一声，向甄俊杰的尸体扑过来。

就在这时候，"狮头人"结束了视频通话。

"快去！"

韩若寻、思炫、甄三祥、东方蓝和韩若寻的下属们，快步跑出主馆，而甄俊杰的两个孩子则留下来照顾母亲和祖母。

众人跑到石桥前，果然看到石桥被炸毁了。看来"狮头人"事前在石桥下方安装了炸药，刚才他手上的遥控器，就是远程引爆这些炸药的引爆器。

韩若寻皱了皱眉，向甄三祥问道："除了这座石桥，还有什么方法可以前往猛兽园那边？"

"我……我也不知道……我……"甄三祥六神无主。

"张禾昨天说过，可以从后山那边前往剧场。"思炫冷不防说道。

"对！可以开车过去！"甄三祥叫道。

"要多久？"韩若寻问。

"大概需要二十分钟吧。"

"立即出发！"

众人又经过花园，跑向花园旁边的停车场，途中看到张禾从会堂出来："啊？老……老爷……发生了什么事吗？你们去哪呀？"

"猛兽园！"

"不是在那边吗？"

"石桥被炸掉了！"

"啊？刚才的爆炸声……"

"别说了！你也一起来！"

于是，张禾开一台车，载着甄三祥和东方蓝，在前面带路；韩若寻开自己的车，思炫坐副驾驶座；韩若寻的下属们也开了两台车。四台车朝昕薇山庄的大门疾驰而去。

思炫刚上车，就对韩若寻说道："你派人去调查一个人。"

"谁?"韩若寻一边开车一边取出手机。

思炫说出了一个名字。韩若寻"咦"了一声："凶手?"

"可能性很大,约百分之七十七。"

韩若寻正在打电话吩咐下属调查这个人,忽然看到山庄的大门旁站着一个人,原来是驯兽师周小飞。他看到几台车从山庄内驶出来,满脸疑惑,连连挥手。

"别停下!"甄三祥叫道,"快到猛兽园去!"于是张禾开着车从周小飞身边经过。

跟在张禾所开的那台车后面的韩若寻则在周小飞旁边停下车:"快上来!"

周小飞一上车就问道:"韩警官,发生了什么事呀?你们去哪呀?刚才的响声是怎么回事?"

韩若寻把甄俊杰的妻子收到"狮头人"的视频聊天邀请,"狮头人"在猛兽园中的饲料房内杀死了甄俊杰,随后"狮头人"还炸掉了石桥等事,简单地告诉了周小飞。周小飞目瞪口呆:"这……这个'狮头人'应该也是昨天杀死甄俊刚的凶手吧?到底为什么要杀人啊?"

"你为什么会在山庄外?"思炫突然问道。

周小飞怔了一下:"我?我很早就醒来了,便到山庄外到处走走,呼吸一下新鲜空气,突然听到山庄内传来爆炸声,于是跑回来看看,结果就看到你们开车出来了。"

"你有看到夏寻语吗?"思炫又问。

"没有呀。她到哪儿去了？"

思炫却不再说话，再一次拨打夏寻语的手机，但还是没人接听。

第十二章　血染之兽

十多分钟后，韩若寻、慕容思炫、周小飞、甄三祥、张禾、东方蓝和韩若寻的下属们，从后山那边到达猛兽园的后门。

众人跑到饲料房前方，只见两扇木门敞开，一个装着一只棕熊的方形小铁笼果然就在饲料房内。此时甄俊杰的尸体也在铁笼里，那棕熊正在撕咬着他那血肉模糊的身体。

杀人凶手"狮头人"，早已逃之夭夭。

众人立即用高压水柱喷射那只棕熊，把它驱赶到铁笼的角落，紧接着快速拉出甄俊杰那已经面目全非的尸体。

"俊杰！"接连两天痛失两子的甄三祥声嘶力竭地叫道。张禾连忙走过去扶住了差点晕倒的老爷。

思炫走到铁笼前，蹲下身子稍微看了一下，接着又走到饲料房外，弯着腰查看地面。

"有什么发现吗？"韩若寻走过来问道。

思炫没有回答，反问道："刚才叫你查的人，查到了吗？"

"嗯，我的同僚刚打电话过来报告调查结果，唔，确实跟你想的一样。"

思炫点了点头，向不远处的张禾瞥了一眼。此刻张禾一边搀扶着甄三祥，一边喃喃自语。

虽然他声音极低，但思炫精通唇读，通过张禾嘴唇的动作，大概判断出他此时正在说的话："蒋耀……回来……报仇……"

思炫走到张禾跟前，冷冷地说："事到如今，隐瞒已经没有意义了。"

张禾怔了一下："你……你说啥？"

"今天凌晨我到你的房间找你，当我向你提起夏小夕之死这件事的时候，你十分慌张……"思炫顿了顿，紧紧地盯着张禾的眼睛，一字一字地说，"你知道夏小夕之死的真相。"

"我……我……"

"说。"

"你到底知道什么呀？"甄三祥也向张禾催问道。

"老爷……我……唉！"

张禾长长地叹了一口气，终于把事情的来龙去脉和盘托出。

十年前，在甄三祥观看完蒋耀的马戏表演的次日晚上，张禾在经过甄俊杰的房间时，无意中听到了甄俊杰和甄俊刚兄弟两人的谈话。

"哥，老头子的脑子真的进水了，他竟然叫我拿一百万去买那只狮子。"甄俊刚不屑地说，"不过那马戏团的老板的脑子也进水了，竟然不卖。"

"然后呢？"甄俊杰冷冷地问。

"但在我离开马戏团后，那个马戏团老板的助手却追上了我，说可以帮我买到那只狮子。"

"怎么帮？"甄俊杰的语气仍然十分冷淡，"劝他老板？"

"不是。他说，只要他的老板不在了，马戏团就由他做主了，到时他就可以把那只狮子卖给我们。"

"你们想杀了马戏团老板？"

甄俊刚"嘿"了一声："哥，区区一百万，犯不着杀人吧？那个冷先生——就是那个马戏团老板的助手，他说可以陷害他老板，让老板被警察抓住，这样他就能接管马戏团了。"

"怎么陷害？"

"这就是我来找你的原因了。"

"你想我帮你？"

"对呀！你人脉广呀，而且好像还有几个朋友在公安局工作，对吧？"

"哼！这种事我干不来。"

"哥，"甄俊刚吸了口气，"老头子真的很喜欢那只狮子，如果咱们把那几只动物买回来了，再把那冷先生也请回来当驯兽师，老头子一定会每天都去看他训练那些猛兽，玩物丧志，或许就没有心思打理公司了，嘿嘿！"

甄俊杰是个聪明人，自然明白甄俊刚的潜台词：甄三祥如果沉迷于玩赏那几只猛兽，自然就会把达克集团交给甄俊杰打理。

他想了想，问道："那个冷先生想陷害他的老板，是为了卖掉狮子赚一百万，那你呢？你为什么对这件事这么热心？"

甄俊刚叹了口气："哥，咱们两兄弟，我也就不跟你隐瞒了：我对那马戏团老板的老婆一见钟情。"他说的自然便是蒋耀的妻子夏小夕了。

甄俊杰冷笑一声："你就这点儿出息？"

"问世间情为何物？"甄俊刚苦笑着说，"有些事情真的说不清楚。反正我们做好这件事，你能接管公司，冷先生能拿到一百万，我也有机会接近我爱慕的人，我们各取所需，不是很好吗？"

甄俊杰犹豫了一会儿，问道："现在你们那边进行得怎样了？"

"我骗老头子说，我和那马戏团老板的助手是多年未见的老朋友，老头子也相信了，等那马戏团老板被警察抓走后，我就可以跟老头子说想帮一下这个老朋友，让他们到山庄暂住，这样就顺理成章地把那几只动物带到山庄来了。"

"好，过两天我给你一包东西，你让那个冷先生塞到那马戏团老板的行李中，然后我就会通知警察过去。"

"是什么东西?"甄俊刚好奇地问。

"毒品。"甄俊杰冷冷地说。

张禾说到这里的时候,甄三祥叹了一口气:"他们……唉!"

两个儿子的所作所为,让他感到愤怒和羞耻。然而,他虽然恨铁不成钢,但如果此刻两个儿子能活过来,他还是会原谅他们的。

"张管家,请接着说。"韩若寻说道。

张禾清了清嗓子,继续讲述:

"后来,那马戏团的老板蒋耀真的因为藏毒被警察抓走了,冷辞答带着夏小夕、蒋冬蕾和那三只猛兽,来到山庄。

"我知道二少爷对夏小夕心怀不轨,所以在他们搬到山庄来暂住的第一天晚上,就想到她的房间去给她提个醒。但我迟了一步,当我来到她房前时,刚好目睹二少爷潜入了房间。"

他说到这里,接下来的事大家都能猜到了:甄俊刚色胆包天,潜入夏小夕的房间,想要占有自己魂牵梦萦的夏小夕。夏小夕奋力挣扎,甄俊刚怕惊动山庄内的人,失手杀死了夏小夕。刚好这时蒋冬蕾进来找母亲,目睹凶案发生的经过。甄俊刚一不做二不休,重击蒋冬蕾的头部,想要杀死她灭口。怎知蒋冬蕾大难不死,只是伤重昏迷。最后甄俊刚还拿走了夏小夕的财物,造成劫匪劫财奸杀的假象。

后来,蒋冬蕾因为目睹母亲遇害,惊吓过度,加上头部受创，患上了局部性失忆症，忘记了杀死母亲的凶手是甄俊刚这件事。

甄三祥得知自己儿子的恶行，气得脸色苍白，责骂张禾：“你为什么不把这件事告诉我？”

张禾哭丧着脸说：“老爷，我不敢说呀……大少爷认识那么多警察，如果我把他们的事情说出来，我怕我会像蒋耀那样被他们陷害呀……”

思炫冷不防说道：“是的，夏小夕的死亡现场，肯定留下了不少线索，但警方却以劫财奸杀案草草结案，十之八九是甄俊杰从中做了手脚。”

众人暗暗点头。韩若寻和他的下属们脸色则有些难看——在刑警支队中存在这样的败类对他们来说是种耻辱。

思炫紧接着又说：“父亲被捕，母亲惨死，当时只有十来岁的蒋冬蕾无法承受这样的打击，终日以泪洗面。甄俊刚为了试探她是否真的忘了案发当晚的事，假意陪在她身边安慰她、照顾她。然而后来，在朝夕相对之中，甄俊刚竟然真的爱上了蒋冬蕾。而蒋冬蕾也对甄俊刚产生了依赖，产生了感情。”

周小飞冷笑：“他不是说对夏小夕一见钟情吗？这么快却对夏小夕的女儿产生兴趣？与其说是爱，不如说是禽兽的求偶行为吧！”

“替身。”思炫说道。

“什么意思？”周小飞问。

但思炫没有解释，接着说："后来，甄俊刚和蒋冬蕾生下一个女儿。但两年后的某个晚上，蒋冬蕾却突然抱着女儿下山，还被杀死了，女儿也失踪了……"

张禾摇头叹息："真不幸。"

思炫冷冷地道："不幸？情况不是一目了然的吗？蒋冬蕾不是遭遇抢劫被杀死的。那天晚上，她突然恢复了记忆，想起了当时杀死自己母亲的凶手，就是自己现在的丈夫甄俊刚。

"她要去举报甄俊刚，甄俊刚一时冲动，想要杀死妻子灭口。蒋冬蕾抱着女儿逃离山庄，甄俊刚紧追不舍。最后，蒋冬蕾还是被甄俊刚杀死了。

"甄俊刚应该把自己杀死了蒋冬蕾的事告诉了哥哥，向哥哥求助。于是甄俊杰故技重施，最后警方以蒋冬蕾被劫杀结案。"

众人都为甄氏兄弟的行为感到不齿。韩若寻的一名下属甚至低声说道："这么说来，这两兄弟还真是死不足惜呀……"

趁众人消化、感叹这些本已尘封的真相之时，思炫从口袋里掏出一个红黑相间的铁盒，倒出了几颗水果硬糖，一股脑儿扔到嘴中，大口大口地咀嚼。

"看来，杀死冷辞答和两个少爷的凶手，很有可能就是不久前刑满释放的蒋耀，动机是为妻子夏小夕和女儿蒋冬蕾报仇。"张禾推测道。

思炫点了点头："是的，凶手就是蒋耀，刚才通过视频聊天在我们面前杀死甄俊杰的'狮头人'，就是蒋耀。"

韩若寻的一名下属对韩若寻道："韩副队长，我立即去申请发布通缉令，追捕蒋耀归案……"

"不用，"思炫打断了他的话，"这个蒋耀，此刻就在我们这些人当中。"

此言一出，除了韩若寻，大家这一惊实在非同小可。

"怎……怎么会呢？"甄三祥一脸难以置信的表情。

"确实如此，"思炫脑袋一转，锐利的目光突然射向身旁的"某个人"，"杀人凶手蒋耀就是他——周小飞。"

第十三章　时间错位

霎时间，周小飞脸上的肌肉狠狠地抽搐了一下。

甄三祥、张禾、东方蓝等人也大吃一惊。

"他……他……"甄三祥指着周小飞，颤声道，"他是蒋耀？"

慕容思炫点了点头："是的，他就是蒋耀——杀死冷辞答、甄俊刚和甄俊杰的凶手。他戴着这张半张脸面具，并不是因为脸部曾被棕熊撕咬，只是怕甄三祥、甄俊杰和甄俊刚认得他。

"昨天，他跟着我和夏寻语潜入甄俊刚的房间，他问我们要干什么，夏寻语告诉他要解开蒋冬蕾的死亡之谜，他听后大吃一惊。为什么吃惊？因为他突然听到夏寻语提起他女儿的名字。虽然后来他试图以'以为甄俊刚的老婆是最近遇害的所以感到吃惊'来掩饰，但对于我来说，这是毫无意义的。"

在思炫面前，露出任何破绽，都是致命的。

韩若寻接着说："是的，我的同僚已经查到了，L市动物园里，根本没有一个名叫周小飞的驯兽师。"在刚才众人开车通过后山前往猛兽园时，思炫一上车就叫韩若寻派人调查周小飞的背景。

周小飞——或许该称呼他为蒋耀了——微微一怔，有些紧张地说："韩警官，我……我的真名确实不叫周小飞……"

他说到这里，摘掉了面具，霎时间出现在大家面前的，是一个四十来岁、儒雅英俊的中年男子。正如思炫所说，他的脸没有任何损毁，"曾被棕熊撕咬"确是谎言。

"真的是你！"甄三祥认得蒋耀正是在十年前跟自己有过一面之缘的驯兽师。

蒋耀苦笑了一下："甄老先生，是的，是我，夏小夕的丈夫，蒋冬蕾的父亲。可是，我并不是凶手！你的两个儿子的死，都跟我毫无关系呀！"

他说到这里望向韩若寻："韩警官，如果你不相信我，你可以问一问慕容先生呀，昨天甄俊刚被杀的时候，我是不是有不在场证明？"

韩若寻望向思炫。思炫冷冷地说："没有。"

蒋耀愣了一下："啊？慕容先生你忘了吗？甄俊刚在差不多三点的时候，还在城中心的聚云轩，后来法医说他的死亡时间是在三点半之前，从聚云轩前往昕薇山庄，至少需要两个小时，也就是说，甄俊刚至少是在距离山庄一百多公里的地方被杀的。而在三点半之前，我一直在山庄里，具备完整的不在场证明啊！"

韩若寻点了点头："甄俊杰的手机显示，他和甄俊刚最后那次视频通话的结束时间是下午两点四十六分，当时甄俊刚还在聚云轩，蒋耀确实不可能在三点半前见到甄俊刚。"

蒋耀使劲点头："韩警官说得对！还有啊，昨天夏小姐也分析过，甄俊刚被杀后，尸体至少要在五点以后才被运回山庄，替换剧场中那铁箱里的活羊。但我从下午三点多开始，就一直和慕容先生以及夏小姐在一起，根本没有时间去把活羊换成尸体呀。"

思炫瞥了蒋耀一眼，用毫无抑扬顿挫的声音说道："昨天下午两点五十八分，你说要独自留在猛兽园跟动物交流，直到三点四十四分，我们才再次在猛兽园碰头。这大半个小时，你离开了我们的视线范围……"

蒋耀忍不住打断了思炫的话："那又怎样呢？把活羊换成尸体的时间，绝对是在五点以后，而我从三点四十四分开始，就一直跟你们在一起呀……"

"不是，"思炫没有留给蒋耀继续辩解的机会，"把甄俊刚的尸体带到剧场替换活羊的时间，就是两点五十八分到三点四十四分之间，当我们把那五个方形铁笼推到剧场的时候，那黑色铁箱里所装的，已经不是活羊，而是甄俊刚的尸体了。"

众人瞠目结舌。

"怎么会？"张禾结结巴巴地说，"当时在铁箱里的就是……二少爷的尸体？"

"甄俊刚的尸体有可能在三点四十四分之前运回山庄吗？"韩若寻问。

"不用运回来，"思炫冰冷地回答，"甄俊刚，本来就是在山庄内被杀的。"

"难道……"韩若寻恍然大悟，"他和甄俊杰视频通话的时候，并不是在聚云轩？"

"是的。我们之所以认为甄俊刚在和甄俊杰视频通话时是在聚云轩，有两个原因：一、甄俊刚自己说他在聚云轩；二、他身后的墙上挂着一幅《梅花》，和他在聚云轩的房间一样。

"然而事实上，当时甄俊刚并不是真的在聚云轩，而是在猛兽园后方那座两层建筑的其中一个房间内。他在墙上挂上另一幅《梅花》，并且撒谎说自己在聚云轩，给甄俊杰造成'他在聚云轩'的假象。"

"他为什么要制造自己在聚云轩的假象？"韩若寻不解。

"这个等一下再说。反正，昨天下午两点五十八分，在我们离开猛兽园后，蒋耀杀死了当时就在猛兽园附近的甄俊刚，并且把他的尸体和剧场内那铁箱里的活羊交换。

"接着蒋耀打电话叫张禾带人过来把动物们带到剧场——当时铁箱里已经放着尸体了。从那时起，他就一直跟我和夏寻语在一起，为自己制造不在场证明。

"在回到副馆后，周小飞要跟着我和夏寻语游逛，夏寻语问他为什么不休息，他说要参观山庄。事实上，他的真正理由，就是让我和夏寻语当他的时间证人。只要警方认为甄俊刚是在山庄外被杀的，那在三点四十四分之后一直跟我们待在一起的他，就没有杀人和替换尸体的时间了。"

"慕容先生！"蒋耀反驳道，"这些都只是你的瞎猜而已吧？你怎么证明当时甄俊刚不是在聚云轩？"

思炫不慌不忙地说："因为我在猛兽园后方那座两层建筑的某个房间的墙上，发现了一根钉子。"

张禾一脸疑惑："钉子？那又怎样？"

思炫冷然道："那是甄俊刚为了制造自己在聚云轩的假象，把另一幅《梅花》挂在墙上时留下的。和甄俊杰的视频通话结束后，他取下了那幅《梅花》，但忘了处理钉在墙上用来挂画的钉子。这根钉子，就是证明'甄俊刚跟甄俊杰通话是在猛兽园后方的那座房子里'的最有力的证据。"

蒋耀脸色大变。"这……"他甚至不知道该如何反驳了。

"甄俊刚为什么要制造自己在聚云轩的假象？"韩若寻再次提出这个问题。

"因为，"思炫微微地吸了口气，一字一顿地说，"他本来想去杀死甄俊杰。"

第十四章　故技重施

"你说什么？"首先叫出声来的是甄三祥，"俊刚要杀俊杰？这……怎么可能啊？"

"甄俊刚沉迷赌博，因此欠下高利贷六百五十万。于是他向甄俊杰提出到达克集团工作，他想进入公司掌握实权后，可以挪用公款，先还高利贷，再想办法补回这笔钱。但甄俊杰认为他不适合做生意，拒绝了他的请求。甄俊刚为了代替甄俊杰的位置，成为达克集团的 CEO，于是萌生出杀害甄俊杰的想法。

"昨天下午两点四十六分，甄俊刚在猛兽园后方那座房子的某个房间内，跟甄俊杰视频通话，并且让甄俊杰以为当时他在聚云轩。但只有甄俊杰知道他在聚云轩是没有意义的，因为他马上就要去杀死甄俊杰了。所以他问甄俊杰：'你那边还有人？'当知道当时我们确实和甄俊杰在一起、日后可成为'证明他当时在聚云轩'的证人后，他就放心结束了视频通话，准备去杀死甄俊杰了。

"他的计划大概是在三点前后杀死甄俊杰，只要事后我们可以证明他案发时间在聚云轩，他就不会被警方怀疑了。

可惜人算不如天算，他的计划还没实施，他就先被蒋耀杀死了。"

慕容思炫的推理滴水不漏，众人听得连连点头。

"不是我……真的不是我……"蒋耀试图垂死挣扎，"刚才甄俊杰被杀的时候，我也有不在场证明啊！"

"是吗？"思炫冷冷地问。

"难道不是吗？那个'狮头人'在猛兽园引爆炸药、炸掉石桥的时候，我在山庄的大门外啊！你们开车前往猛兽园的时候，不是在山庄大门那里碰到了我吗？如果我是那个'狮头人'，我在炸掉石桥后，怎么可能这么快回到山庄大门这边？"

张禾点了点头："这倒是呀，石桥被炸掉后，要回到山庄大门这边，必须绕过后山，即使是开车也需要二十分钟呀。"

"浪费时间的挣扎。"思炫打着哈欠说道，"你只是利用了甄俊刚昨天打算实施的那个诡计而已。"

蒋耀一听，脸上露出了绝望的表情。

"什么意思？"张禾问。

"蒋耀杀死甄俊杰的地点，并不是猛兽园……"

"不！"甄三祥打断了思炫的话，"是猛兽园！是猛兽园的饲料房！整个山庄，就只有那里的墙壁是绿色的！"

"蒋耀就是利用你们这个'绿色墙壁就一定是饲料房'的先入为主的观念来实施这个诡计的。事实上，蒋耀戴着狮头面具跟甄俊杰的妻子视频聊天时，根本不是在猛兽园的饲料房，而是在停在山庄大门附近的一台货车的车厢里。"

众人目瞪口呆。

"那个车厢的内部被涂成绿色，加上那几袋饲料，便可伪装成饲料房。在车厢中的那只棕熊，也并非猛兽园中那两只棕熊的其中一只。当时，戴着狮头面具的蒋耀，在视频通话中，在我们面前杀死了甄俊杰，接着又用引爆器引爆了石桥下方的炸药，炸掉了石桥。也就是说，石桥被炸掉的时候，蒋耀根本不在猛兽园，而在山庄大门附近。

"最后，蒋耀慢慢地打开铁笼的门，棕熊向甄俊杰的尸体扑去。此时，蒋耀结束了视频通话，并且立即关上铁笼的门。所以事实上，那只山庄外的棕熊，自始至终都没有接触过甄俊杰的尸体。

"在这个谋杀计划中，蒋耀有一个共犯。结束视频通话后，蒋耀走下货车，返回山庄，和我们会合。而共犯则开着那货车，绕过后山，前往猛兽园。

"在主馆这边，我们听到爆炸声后，先前往石桥，确认石桥确实被炸毁了，随后又从石桥前往停车场，准备开车从后山那边前往猛兽园。这个过程，我们耗费了七分零三十六秒。也就是说，蒋耀的共犯会比我们早七分多钟到达猛兽园。

"共犯到达猛兽园后，利用那七分多钟的时间，把甄俊杰的尸体拖到饲料房。在今天凌晨的时候，蒋耀和共犯已合力把剧场内其中一个装着棕熊的方形铁笼推到饲料房内。此时共犯把那个铁笼的门打开一道缝儿，快速把甄俊杰的尸体塞了进去，最后开着那货车逃离现场。等我们到达时，看到饲料房中的棕熊正在撕咬着甄俊杰的尸体，自然就会先入为主地以为这便是我们在视频通话时看到的现场了。"

思炫的推理天衣无缝，众人都逐渐相信事实便是如此。但蒋耀仍然不死心："这也是瞎猜的吧？慕容先生，你怎么证明甄俊杰被杀的地方是什么货车车厢，而不是真正的饲料房？"

"毫无意义的挣扎。"思炫咬了咬手指，淡淡地说，"四点。一、视频聊天时在手机屏幕中看到的饲料房中的那几袋饲料，和现在饲料房中的那几袋饲料，摆放的位置有轻微区别；二、'狮头人'用尖刀插进了躺在铁笼前的甄俊杰的喉咙，铁笼肯定会被溅上鲜血，但我刚才查看过，饲料房中的铁笼上，没有任何溅血；三、饲料房外的泥地上，有明显的拖动重物的痕迹，而甄俊杰的衣服上，也沾有和那泥地上成分一样的泥巴，这说明甄俊杰的尸体曾经被拖进饲料房……"

思炫顿了顿："还有一个最直接的证据，可以证明刚才视频通话时，'狮头人'和甄俊杰所在的地方，并非真正的饲料房。"

"什么证据？"韩若寻好奇地问。

"昨天下午三点左右，我们曾来过饲料房，当时张禾推开饲料房的门后，阳光通过门口射在了饲料房的内墙上，这就说明，饲料房是西向的。"

思炫一边说一边走到饲料房的两扇木门前，接着说："西向的房屋，早上是不会有阳光射进来的。"

众人一看，果然思炫此刻没有被任何阳光照射到。

"那又怎么样呢？"张禾疑惑地问。

思炫一语道出关键："刚才在视频通话中，'狮头人'的面具被阳光照到，这就说明，当时'狮头人'和甄俊杰所在的'饲料房'，绝不可能是真正的饲料房。"

"这……这……"蒋耀结结巴巴地说，"或许是你看错了吧？"

"刚才韩若寻跟'狮头人'视频通话的时候，我在后面拍了一张照片，拍到了手机的屏幕，照片中可以看到手机屏幕中的'狮头人'的面具上有阳光。"思炫说罢拿出自己的手机，丢给蒋耀，"不信你自己看看吧。你想删掉也没关系，反正我已经上传了一份到网盘。"

蒋耀终于绝望了，跪倒在地，哭丧着脸说："沈先生要我把你叫来，简直是在害我呀。"

思炫捡起那摄像头早已损坏的手机，冷冷地说："你的共犯就是白小姐，对吧？她不是卖给甄三祥很多猛兽吗？以她的能力，要找到一只棕熊，完成这个诡计，绝非难事。"

他顿了顿，接着说："这个白小姐的真名叫南宫听梦，对吧？"

蒋耀没有回答，只是长长地叹了一口气。

韩若寻正要逮捕蒋耀，忽然一台摩托车从后门冲进猛兽园，停在蒋耀身前。

开车的人，正是那个戴着眼罩、蒙着面纱的白小姐。

众人还没反应过来，白小姐一边叫道"上来！"一边把蒋耀拉上摩托车。

白小姐的动作极快，但思炫的反应却更快。电光石火之间，思炫已跳上了那摩托车，骑在蒋耀的背上。白小姐没有发现，使劲扭动油门，想要逃离猛兽园。思炫一把抓住她的肩膀，猛地把她拉了下来。

摩托车一倒，蒋耀也重重地摔倒在地；而白小姐则身手极好，在半空中一个翻身，双脚落地的同时，右掌也撑在地面上，并没有摔倒。

韩若寻的下属们立即围上来，把白小姐和蒋耀紧紧地包围在中间。

"南宫小姐……现在怎么办呀？"蒋耀一脸惊慌。

白小姐"哼"了一声，索性摘掉眼罩、揭开面纱，霎时间出现在众人面前的是一个五十多岁的女子。

这女子虽然年过半百，却仍风姿绰约，脸上带着丝丝傲气，正是神血会的成员之一、外号"牛头"的南宫听梦。

她确实就是蒋耀的共犯，刚才协助蒋耀用货车把甄俊杰的尸体从山庄大门外载到猛兽园，并拖进饲料房中。她此时所骑的摩托车，当时也放在那货车的车厢内。

"果然是你。"思炫冷冷地说。

"是我又怎样?"南宫听梦瞥了思炫一眼,"我这次就是要来看看,能把老雍和老骆逼得走投无路的反神会继承者,到底是什么来头!"

"你和沈莫邪是什么关系?"思炫问道。

事到如今,南宫听梦也不隐瞒了,把事情的始末一一说出。

第十五章　复仇计划

六年前,蒋冬蕾突然恢复记忆,想起了当时杀死自己母亲夏小夕的凶手,就是自己现在的丈夫甄俊刚。当时蒋冬蕾十分激动,质问甄俊刚为什么杀死自己的母亲,还要报警。甄俊刚害怕接受法律的制裁,想要杀死蒋冬蕾灭口。

蒋冬蕾被甄俊刚重伤后,抱着两岁大的女儿甄娣逃离山庄。当她逃到南山山脚时,碰到刚好那晚相约在南山山脚见面的沈莫邪和南宫听梦。

沈莫邪和南宫听梦合力把重伤的蒋冬蕾抬上车,送她到医院。路上,蒋冬蕾把甄俊刚杀死自己母亲夏小夕的事告诉了南宫听梦,还说自己的父亲蒋耀藏毒被捕,或许也跟甄家的人有关,拜托南宫听梦报警举报甄俊刚。

遗憾的是,沈莫邪还没把车开到医院,蒋冬蕾就伤重而亡了。临死前，她把女儿甄娣托付给南宫听梦——这个素不相识的女子。

当时南宫听梦义愤填膺："我要去干掉这个丧尽天良的甄俊刚！现在就去！连老婆也不放过的禽兽，不配活在这个世界上！"

沈莫邪一边安抚着刚痛失母亲的甄娣，一边淡淡地说："梦姐，别冲动，事情或许并非我们想象的那么简单。我建议先把蒋冬蕾的尸体送回山脚，让甄俊刚找到，让他放松警惕，方便我们对他以至整个甄家展开调查。"

"好吧！听你的。"南宫听梦深知沈莫邪绝顶聪明。

于是两人把蒋冬蕾的尸体送回南山山脚。当晚甄俊刚找到尸体，以为自己杀人的事没有败露，松了口气。只是女儿的失踪，让他耿耿于怀。

他又打电话给哥哥求助。甄俊杰收买了几名警察，最后蒋冬蕾之死警方以劫杀案结案。

后来南宫听梦收养了蒋冬蕾的女儿甄娣。

而沈莫邪也顺藤摸瓜，查到了甄俊杰、甄俊刚和冷辞答三人的种种劣行。

南宫听梦知道他们的劣行后，想要去杀死他们。但沈莫邪却说："或许蒋耀希望亲手为妻子和女儿报仇呢？"

他到监狱探望蒋耀，把事情的始末告诉了他，并且征求他的意见。蒋耀咬着牙说："就让他们多活几年吧，等我六年后刑满释放时，我要手刃这三个人渣，以慰小夕和冬蕾的在天之灵。"

于是沈莫邪为蒋耀制订了一个计划。只要严格执行这个计划，蒋耀就能杀死冷辞答、甄俊刚和甄俊杰，同时又能逃脱法律的制裁。

沈莫邪把这个计划托付给了南宫听梦，让她在蒋耀出狱后再向他传授这个计划。

自杀之前，沈莫邪又给自己命中注定的对手 X 写下了两封跟这个将在昕薇山庄启动的杀局有关的信。

他把这两封信也交给了南宫听梦保管："梦姐，上次我不是委托你在 2012 年 6 月底去调查一个叫宋田田的人吗？如果到时宋田田在那连续杀人事件中幸存，那应该是因为得到了某个人的帮助。我现在也不知道那个人是谁，所以暂称之为 X 吧。

"我希望你到时也帮我查出这个 X 的身份，并且在 2015 年蒋耀执行我的计划时，把 X 也叫到昕薇山庄去，看看这个 X 能否破解我设计的杀局。这两封信，到时也麻烦你想办法交到 X 手上，第一封是邀请信，第二封则在这人破解了我的杀局后再给出去。"

不久以后，沈莫邪就服毒自杀了。

后来南宫听梦在调查宋田田的时候，查出她之所以在断肠城中死里逃生，是因为得到一个名叫慕容思炫的男青年的帮助。这个慕容思炫，就是沈莫邪所说的 X 了。

不久前，神血会的成员骆浅渊和雍乌的身份相继暴露，但他们也因此明确了反神会继承者的身份。无巧不成书，这个反神会的继承者，竟然就是沈莫邪要找的 X。

神血会的敌人和沈莫邪的对手，竟有所交集。

"这个慕容思炫，不仅让小沈如此重视，还把老骆和老雍逼得走投无路？到底什么来头啊？好！我就去会一会他！"南宫听梦战意高涨。神血会的首领"黑无常"劝她不要意气用事，履险蹈危，她却一意孤行。

"即使这个 X 不是反神会的继承者，我也要去，因为在小沈的计划中，我本来就是要到山庄去协助蒋耀的。"为了实施这个计划，她从几年前开始就以"猛兽供应商"这个身份去接近甄三祥了。

在这几年里，南宫听梦经常带甄俊刚和蒋冬蕾的女儿甄娣到监狱去探望外公蒋耀。两个多月前，蒋耀刑满释放。南宫听梦把他安顿好，并且安排已经八岁的甄娣跟他同住。

一周前，南宫听梦去找蒋耀。当天深夜，蒋耀在南宫听梦的协助下，潜入昕薇山庄，在冷辞答的发蜡中注入血液，同时还把冷辞答的衣服浸泡到血水中。

前天，蒋耀又以驯兽师周小飞的身份去找慕容思炫，并且把沈莫邪的第一封信交给了他。

而南宫听梦则以白小姐的身份联系甄俊刚："我可以为你提供一个计划，让你杀死你的哥哥，同时又可以拥有不在场证明，不被警察怀疑。等你接管了达克集团后，只需要支付我两百万的报酬就可以了。"被高利贷逼得走投无路，心中的兄弟情义因此荡然无存的甄俊刚，很快就跟南宫听梦达成了共识。

昨天下午，甄俊刚在跟甄俊杰结束了视频通话后，前往猛兽园与南宫听梦见面——因为此前南宫听梦说过会协助他去杀死甄俊杰。他万万没有想到，在猛兽园等待他的，除了南宫听梦，还有对他恨之入骨的蒋耀。

第十六章　交换人质

南宫听梦讲述完毕，韩若寻准备把她和蒋耀带回公安局接受审问。然而就在这时候，一台面包车以极快的速度从后门开进了猛兽园。

开车的人是神血会的成员之一、外号"马面"的骆浅渊。

此时坐在副驾驶座的是一个六十出头的男子，双目炯炯，英气逼人，让人不敢逼视。

思炫认得，他正是神血会的首领、外号"黑无常"的霍星羽！

"终于露面了？"思炫冷冷地说。

霍星羽嘿嘿一笑："反神会的继承者，初次见面，就要你送我一份礼物，真不好意思呀。"

思炫斜眉一蹙，瞥了瞥南宫听梦："你要把她带走？"

"是的，我们的使命还没完成，暂时还不想跟警察有什么接触，嘿嘿！"

"人呢？"思炫冷然问道。他已猜到霍星羽手上的筹码是什么了。

他话音刚落，面包车的后门打开，大家一看，由不得倒抽了一口凉气。

只见车上一个六十岁左右的男子，正用一把手枪抵着夏寻语的脑袋。

这个挟持着夏寻语的男子，也是神血会的成员，名叫雍乌，外号"白无常"。

霍星羽知道南宫听梦这次前往昕薇山庄，必陷入险境，于是带着雍乌和骆浅渊暗中保护她。今天早上，埋伏在山庄大门附近的霍星羽等人看到夏寻语出来看日出，于是把她掳走了，以备不时之需。

"你放了南宫，我就放了你的朋友，咱们一命换一命。"霍星羽说。

"你不会开枪。"夏寻语冷冷地说。思炫一听她的语气，就知道此时控制着身体的并非夏寻语，而是夏孤月。

霍星羽听到夏孤月的话，冷笑一声："你凭什么认为我不会开枪？"

夏孤月冷然道："如果你们胡乱杀人，那跟你们制裁的那些罪犯有何区别？"

但思炫却说："不是，他确实会开枪。十八年前，他就杀死过无辜的人。"

霍星羽叹了口气:"当年我杀段大哥,也是迫不得已呀。"他顿了顿,接着又正色道:"今天的情况也是这样,我必须把南宫带走。南宫还将去制裁千千万万法律所无法制裁的罪犯,如果警察抓走了南宫,这些罪犯就能逃脱制裁,这样就会有更多无辜的人受害。"

思炫沉吟不语。霍星羽接着又说:"三秒内放走南宫,否则我开枪杀了这个女生。你知道的,我说到做到!"

思炫瞥了南宫听梦一眼,冷冷地道:"走吧。"

南宫听梦快步走向面包车。韩若寻想要阻止,却被思炫拦住。

南宫听梦跳上面包车后,回头向思炫发出一支飞镖。与此同时,骆浅渊踩下油门,面包车疾驰而去。

这一切就发生在刹那之间。但思炫反应极快,他一手接住了飞镖,同一时间,骑上了南宫听梦留下的摩托车,在众人还没反应过来之际,已骑着摩托车朝霍星羽等人追去。

雍乌看准时机,把夏孤月推到车外,正好落在思炫前方。思炫一个急刹,把摩托车停在夏孤月身前。这样一来,霍星羽等人便逃之夭夭,思炫再也追不上了。

夏孤月慢慢地站起身子。思炫一看,她的右臂和双脚都擦伤了,鲜血直流。

"疼?"思炫问道。

"是。"夏孤月答道。

"'回去'就不疼了。"

"对。"

紧接着，便听夏寻语的声音响起："哎哟！好疼呀！咦，这里是什么地方呀？我明明在看日出呀！思炫，你怎么也在这里？"

思炫没有回答，取出南宫听梦发出的飞镖一看，果然发现飞镖中暗藏纸卷。他把纸卷打开，只见上面写着：

X：

如果你看到这封信，说明你又一次破解了我的杀局了。

虽然你破解了杀局，但冷辞答、甄俊刚和甄俊杰这三个人，均已受到了惩罚，对吧？

南宫听梦或许会落在你的手中。但她的同伴会来救她。现在她已经被救走了吧？

说起来，这个神血会，也算是一个跟我志同道合的组织呀。

虽然我死前曾在这个世界上布下了不少杀局，但这些杀局终究是有限的，会有结束的一天。而且很多杀局，或许会受到各种阻挠，甚至根本无法启动，毕竟我已经死了，无法左右人间的一切。

或许，神血会可以作为我的补充和延续吧，继续代替我惩罚这个世界上的恶人们。

而 X 你呢，到底是怎样的一个人？你是认同神血会的理念，还是反对神血会的制裁行动？

又或许是，你本来是反对者，现在却已过渡为支持者？如果是这样，那么当我的下一个杀局启动时，你是担任阻止者呢，还是协助者？

沈莫邪

第十七章　潜伏者

韩若寻和他的下属们带着蒋耀离开了猛兽园，返回公安局。

甄三祥、张禾、东方蓝、慕容思炫和夏寻语，也开车返回昕薇山庄。

思炫和夏寻语回到副馆取走行李。

"终于要回家了，"夏寻语吁了口气，"在山庄内待了一天，却好像过了几个月。"

"离开山庄之前，还要去一个地方。"思炫抓了抓头发说道。

"哪里？"

思炫没有回答，径自向前走。夏寻语只好紧随其后。只见思炫来到园丁东方蓝的房间前，也不敲门，直接扭动门把手打开房门，走了进去。

东方蓝吓了一跳："啊？你……你们……"

此时他的手上拿着一沓文件，而在他面前则放着一个不锈钢烧纸桶，桶中正燃烧着一些纸张。

夏寻语问道："咦，东方先生，你在烧东西呀？"

东方蓝定了定神，冷哼一声："跟你无关。"

思炫突然用极为冰冷的语气说道："甄俊刚被杀后，你早就知道杀死他的凶手是蒋耀，对吧？"

"你……你说什么？"东方蓝脸色一变，双手颤抖，手上的那沓文件散落一地。

"昨天下午，你在猛兽园第一次跟蒋耀见面时，你神情有异，因为当时你就认出了面前这个自称周小飞的驯兽师，真名叫蒋耀，是夏小夕的丈夫，蒋冬蕾的父亲。

"今天凌晨，我到韩若寻的房间找他时，你躲在附近偷听我们说话，因此知道我在怀疑蒋耀。也就是说，你那时就已经知道'周小飞'便是杀死冷辞答和甄俊刚的凶手了。但你没有告诉我们，而是选择沉默，因为你希望继续借蒋耀之手，杀死甄俊杰，为你的女儿夏小夕和外孙女蒋冬蕾报仇。"

霎时间，东方蓝脸上的表情凝固了。而夏寻语则叫了出来："什么？他……他是夏小夕的爸爸？"

思炫点了点头："是的。昨天在后花园跟我们初次见面时，他说了一句'就是刚头儿老张说的那两位住进了副馆的客人吧'，这句话中的'刚头儿'，是T市的方言，是'刚才'的意思；后来张禾打电话叫他到猛兽园帮忙，他又说了句'跟手儿就来'，这个'跟手儿'也是 T 市方言，是'马上'的意思。因此，我推断东方蓝原来是生活在 T 市的。

"今天早上韩若寻对我说起蒋耀的背景，提过他也是 T 市人。他的妻子夏小夕很有可能也是 T 市人。这个巧合，让我开始怀疑东方蓝是夏小夕的父亲。"

他说到这里朝东方蓝看了一眼："此外还有两件事：一、我们在后花园时，夏寻语刚摸了一下夏小夕的墓碑，你就警告她别碰，因为你不想别人碰到你女儿的墓碑吧；二、今天凌晨我们去找你，当我要求你告诉我们夏小夕之死这件事时，你脸色大变，连声音也颤抖了，那是因为你在没有心理准备的情况下突然听我提起你的女儿吧。这两件事加起来，让我更加肯定你就是夏小夕的父亲。"

事到如今，东方蓝也不再隐瞒了，只听他长长地叹了口气，轻声说道："你说得对，我的本名叫夏蓝，夏小夕是我的女儿，蒋冬蕾是我的外孙女……"

接着夏蓝把当年的事告诉了思炫和夏寻语。

蒋耀、夏小夕和夏蓝都是 T 市人。当年，蒋耀和夏小夕相恋，但夏小夕怕父亲反对，不敢带蒋耀回家见夏蓝。自始至终，蒋耀都没见过岳父，因此昨天在猛兽园见面时，蒋耀没能认出夏蓝。

再说当时，蒋耀继承父业，经营着一个流动马戏团，准备全国巡回演出。夏小夕这才把自己和一个叫蒋耀的男生相恋的事告诉了父亲。果然，夏蓝极力反对女儿跟着蒋耀离乡别井，过上颠沛流离的生活。但夏小夕深爱着蒋耀，不顾父亲的阻挠，和他私奔，后来还生下了蒋冬蕾。

夏小夕离开 T 市后，夏蓝在她的房间里找到了她和蒋耀的合照，终于见到这个女儿所迷恋的男生的样子。这些年来，这张照片，夏蓝看过无数次。因此昨天在猛兽园初次见面时，哪怕蒋耀戴着那个半张脸面具，但夏蓝仍然一眼就认出了他。

十年前，蒋耀因被冤枉藏毒而被捕，他在看守所中得知妻子夏小夕被劫杀的事。他请求管教员打电话给夏小夕那远在 T 市的父亲夏蓝，把这件事告诉他。

夏蓝知道女儿的死讯后，千里迢迢从 T 市来到 L 市。第二年，他化名东方蓝，以园丁的身份来到昕薇山庄，暗中调查女儿的死亡真相。可惜这些年来，调查毫无进展。

当时为了方便调查，他一直没有告诉蒋冬蕾自己的身份。他本想在查出夏小夕的死亡真相后，再跟蒋冬蕾相认。但他万万没有想到，蒋冬蕾竟然也被杀了。蒋冬蕾至死也不知道夏蓝是自己的外公，这是夏蓝心中永远的遗憾。

"直到今天，我才知道我女儿和外孙女的死亡真相。"夏蓝说到这里，两眼湿润。

"不过，"他顿了顿，接着又补充，"昨天在猛兽园见到'周小飞'时，我确实没能认出他是蒋耀，确实不知道他就是杀死冷辞笞的凶手。"

"是吗?"思炫也不跟他纠缠这个问题了,打着哈欠说道,"把夏小夕的照片给我看看。"

夏蓝"哦"了一声,把藏在钱包里的蒋耀和夏小夕的合照递给了思炫。

"夏小夕和蒋冬蕾长得极为相似。"思炫朝照片扫了一眼以后说道。他昨天在甄俊刚的房间看过蒋冬蕾的照片。

夏蓝点了点头:"是的,我第一次看到冬蕾的时候也十分惊讶,简直和她母亲小夕一模一样!"

"这就是甄俊刚爱上了蒋冬蕾的原因——替身。"思炫淡淡地说。

"咦,什么意思?"夏寻语好奇地问。

"甄三祥在观看马戏表演的时候对南非狮一见如故,而甄俊刚则在观看马戏表演的时候对夏小夕一见钟情。这种感觉对他来说刻骨铭心。后来,因为蒋冬蕾长得极像母亲,他情不自禁地把这种感情转到了蒋冬蕾身上。最后,他真的爱上了蒋冬蕾。

"虽然蒋冬蕾死于他手,但他一直没能把对蒋冬蕾的感情放下。他在聚云轩的房子里挂着《梅花》,又在自己的房间里放了几盆茶梅,都是因为怀念蒋冬蕾吧。"

"梅花跟蒋冬蕾有什么关系吗?"夏寻语问。

"冬蕾,就是冬天里的花蕾。蒋耀和夏小夕为女儿取名冬蕾,就是希望她像冬天里的梅花一样,不畏风雪,不惧寒冷,在严冬里傲然开放吧。"思炫猜测。

"我想起来了！"夏寻语突然说道，"昨天我们在甄俊刚的房间看到那几盆茶梅时，蒋耀十分感慨，原来是想起了自己的女儿蒋冬蕾。"

夏蓝却冷冷地说："甄俊刚那个禽兽，也配有爱？他爱小夕，就杀了她；他爱冬蕾，又杀了她。他根本不是什么情痴，只是一个天生杀人狂！"

夏寻语不语。夏蓝口中的这个"天生杀人狂"，已在沈莫邪的杀局中得到了应有的惩罚——失去了生命。沈莫邪布这个局，杀这些人，到底真的是在警恶惩奸，还是在挑衅法律？夏寻语真的想不透这个问题。

她不再想了，又问夏蓝："东方先……唔，夏老先生，接下来你有什么打算？"

"我想带阿娣回 T 市生活。"夏蓝望着窗外，幽幽地说。

接下来，三人陷入了沉默，房内鸦雀无声。

数十秒后，夏蓝一边捡起那散落了一地的文件，一边说道："好了，我走了。我这两天就会动身，以后也没什么机会见面了。就这样吧。"

但他在匆忙之间少捡了一张！

他走到门前，稍微停住脚步，最后对思炫和夏寻语说道："我即使认出了蒋耀，即使知道他就是杀死甄俊刚的凶手，但我确实不会阻止他继续行凶。有些事情，警察做不了，就让有能力的人去做吧——譬如那位沈先生！"

没等思炫和夏寻语答话，他已大步踏出房间。

思炫走到夏蓝没捡起的那张纸前方，低头一看，只见那似乎是一封信，信上写着：

夏蓝：

如无意外，你收到这封信的时间是 2015 年 3 月。

此时你还在昕薇山庄当园丁吗？已经查出了你女儿之死的真相了吗？

我要告诉你一个残酷的事实：你的女儿夏小夕，以及你的外孙女蒋冬蕾，确实都是被甄家的人害死的。

证据就放在信封中的那张光盘里，那是你外孙女蒋冬蕾临死前亲口所述的录音。

如果你愿意，可以用我为你制订的计划（请参看信封中的《昕薇山庄杀局计划书 A》），为她们复仇，让害死她们的恶人们受到应有的惩罚。

话说回来，善恶到头终有报，即使最终你不能下定决心执行我的计划，或许，你仍然可以亲眼见证上天惩罚这些恶人们。

你一定很好奇我是谁吧？

你并不认识我，但这并不重要。

从现在起，请记住我的名字

——沈莫邪。